人妻相談室

草凪優

双葉文庫

目次

プロローグ

新宿《しんじゆく》と大久保《おおくぼ》の間だったか、池袋《いけぶくろ》のはずれだったか、五反田《ごたんだ》の東口だったか、とにかく俗悪なピンクゾーンを抜けたところに、それはあると言われている。昭和の遺物のような古めかしいラブホテルの一階に位置し、店構えは哀愁あふれる元煙草屋ふう。店内に入ると、熟《う》れごろの人妻たちが身の下相談に乗ってくれ、勢い余って階上のラブホテルで一戦を交えることも珍しくなく、それらがすべて無料というから驚かされる。

それは予告も前触れもなく、孤独を抱えた男の前に姿を現す。「新手の風俗店なのでは？」と誰もが身構えるらしいが、美人局《つつもたせ》やボッタクリの被害に遭ったという報告はいまのところない。

それでは結婚相談所？　出会い系の店？　あるいは占いの館？　と様々な憶測が飛びかっているが、どれも正しくない。

そこではただ単に、人妻が身の下相談の相手になってくれ、運がよければ彼女たちと熱いひとときを過ごせるだけなのである。

ただし、噂話だけはよく耳にするものの、実際においしい思いをしたという人間には会ったことがないから、都市伝説みたいなものかもしれない。

人呼んで『人妻相談室』。

あなたも盛り場の片隅で見かけたら、迷うことなく入ってみることをおすすめする。扉の向こうにはめくるめく桃源郷が待っているはずだ。

第一章　僕、早いんです

1

「おっ、奥さん……」

浩一《こういち》は昂《たか》ぶる気持ちのままに、香澄《かすみ》を抱きしめた。

出会ったばかりの人妻だが、ラブホテルまでやってきて、気取っていてもしかたがない。

「うんんっ……」

唇を重ね、舌をからめあうと、香澄はトロンとした眼つきでこちらを見つめてきた。ウエルカム、と彼女の顔には書いてある。

浩一は二十九歳、独身、都心にある家電量販店に勤めている。

香澄は三十五歳と言っていた。眼鼻立ちの整った美人だが、それよりも色気がすごくて圧倒された。

これが人妻という生き物か、と感嘆せずにはいられないセクシーなオーラをまとい、抱きしめてみると、そのオーラが偽物ではないことがわかった。水色のワンピースを着た姿は清楚でも、その下に肉づきの豊かなボディを隠していた。柔らかい抱き心地が、男心をくすぐってくる。音をたてて舌をしゃぶりあいながら、背中をまさぐった。両手がヒップに到達すると、豊満なうえに丸々とした肉の隆起が迎えてくれる。

浩一は激しく興奮した。すでに勃起しているイチモツがひときわ硬さを増していく。正面から抱きあっているので、体の変化が人妻にも伝わっている。

「元気なのね……」

香澄の右手が浩一の股間をそっと包みこんだ。ズボンの上からすりすりと撫《な》でられただけで、気が遠くなりそうなほど気持ちよかった。

それに加え、香澄が眼の下をほんのり赤くしているのがたまらない。恥ずかしそうにしていても、伝わってくるのは欲情ばかりなのが人妻なのかもしれない。ズボンの中で硬く屹立《きつりつ》している肉棒で貫かれるところを想像して、いても立ってもいられなくなっているのだろうか？

だが、そこに至るまでの道のりは長い。あわてて欲望を吐きだすより、長ければ長いほど興奮は高まる。

「奥さんっ！」

浩一は香澄をベッドに押し倒した。ワンピースの裾をめくり、太腿《ふともも》を露わにしてやった。

ナチュラルカラーのストッキングに包まれた人妻の太腿は見るからに柔らかそうで、手のひらを這わせるとそれは予想以上だった。この蕩《とろ》けるような感触は、熟女ならではだろう。

揉みしだけば簡単に指が沈みこみ、

「んんんっ……」

香澄の口から、くぐもった声がもれた。眼をつぶり、眉根を寄せた表情がいやらしすぎて、視線を釘づけにされてしまう。

（この色気は、茜《あかね》ちゃんにはないな……）

浩一は独身だが、茜という名の恋人がいた。五つ年下の二十四歳。結婚を前提に付き合いはじめ、そろそろ交際半年になる。

茜は顔が可愛く、性格は明るくて、家事全般が得意という、結婚相手として申し分のない女だった。

合コンで知りあったのだが、初対面のときから長年友達だったような感覚になったほど、会話の相性もばっちり合った。

なによりお互い、いずれは都会を離れて田舎でのんびり暮らしたいという夢をもっていた。同じ夢を見ている男と女が、恋人同士になるまで時間はかからない。素敵な恋人ができた、いや、遠からず彼女は素敵な妻となる——浩一は有頂天になっていた。

ただ……。

問題がひとつあった。

セックスである。

浩一は早漏だった。若いころからその傾向があったのだが、年を重ねるほどに顕著になり、いまでは一分もてば頑張ったほうだ。子づくりに支障はないだろうが、最初は笑って許してくれていた茜も、最近では事後に深い溜息をつく。

気まずかった。

挿入するや、あっという間に射精に達したあと、男はいったい、女にどんな顔を向ければいいのだろう。

（なんだよ、少しくらい出すのが早いくらいでむくれるなんて、茜ちゃんはそんな女だったのかよ……）

浩一は自分のことを棚にあげ、茜に対して憤った。

こちらが悪いとわかっていても、他になにも問題ないのだから、早漏ぐらいは見逃してほしいと思う。

盛り場の片隅にある『人妻相談室』を発見したのは、そんなときだった。

ささくれ立った気分を癒やすため安酒場をはしごしていたところ、賑やかなネオン街から少し離れた暗い裏通りで、不思議な建物と出くわした。

（こんなもの、まだ残ってたんだ……）

ラブホテルであることはすぐにわかった。西洋の城の形をしていた。そういうラブホテルがあると小耳に挟んだことはあるが、実物を見たのは初めてだった。

珍奇な形のうえ建物自体もひどく古くて、昭和の香りが漂ってきた。

ひとりで飲み歩いていた浩一は、ラブホテルに用はなかった。なかなかその場を立ち去れなかったのは、その建物の一階に、元は煙草屋だったような不思議な店があったからだ。

『人妻相談室』という看板が出ていた。いや、看板というか貼り紙だ。筆致は流麗なものの、手書きである。

（なんだよ、これ？　人妻のための相談室なのか？　それとも人妻が相談に乗ってくれるのか？）

貼り紙に書かれた文章を読んでみると……。

――熟れごろの人妻が、なんでも無料でご相談に乗っちゃいます。身の下相談、大歓迎。

あやしげな雰囲気がぷんぷんと漂っていた。「無料」と謳《うた》っているのも、ますますあやしい。

世の中にタダより怖いものはない――わかっていたが、酔った勢いもあって入ってみることにした。おずおずと引き戸を開けて中をのぞくと、裸電球がひとつ灯った薄暗い空間が待ち受けていた。煙草屋というか、年季の入った酒飲みが集結する立ち飲み屋のようだった。

とはいえ、看板に偽りはなかった。

裸電球の下には占い師が使うような小さなテーブルが置かれ、その向こうに熟れた女が座っていた。

「いらっしゃいませ」

にっこりと笑いかけられると、裸電球のワット数が百倍になった気がした。その場が急に明るくなったようだった。彼女は清楚な水色のワンピースを着て、ちょこんと椅子に座っていた。美人なのは間違いなかった。しかし、それを凌駕《りょうが》するほどのお色気がむんむん伝わってくる。

それが香澄だった。

「どうぞ、お座りになって」

「はあ……」

浩一は彼女の前に腰をおろすと、自分の悩みに関して洗いざらい話した。自分のセックスのことなんて友達にすら話したことがなかったが、見ず知らずの人妻が相手だと、どういうわけかすらすらと言葉を継ぐことができた。

「ふふっ、早漏で彼女を満足させられないっていうお悩みですね」

話を聞きおえた香澄は妖艶な笑みをもらし、

「じゃあ行きましょうか」

と立ちあがった。意味がわからず、呆気《あっけ》にとられている浩一を、部屋の奥へとうながした。

裏口がラブホテルと繋がっていた。その通路を使えば、フロントを通らずに部屋に行けるようだった。

だがなぜラブホテルの部屋に？

ドクンッ、ドクンッ、と心臓がすさまじい勢いで早鐘《はやがね》を打ちだした。エレベーターに乗りこみ、扉が閉まると、香澄に手を握られたのでビクッとした。

「ラブホテルのエレベーターって、なんかすごく興奮しません？」

耳元でささやかれ、浩一は動けなくなった。

香澄が握っていた手を離した。ボタンを押してある五階に到着したからではなかった。

建物が古いだけあって、そのエレベーターは上昇する動きがやけに遅く、まだ二階を通過したところだった。

香澄の手が、今度は股間に伸びてきた。女らしい細い手指で、イチモツをそっと包まれた。

浩一はびっくりしたが、金縛りに遭ったように動けないままだ。

（マジかよ……）

香澄は意味ありげに笑いながら、浩一のことを見つめている。眼つきがいやらしすぎる。股間にあてられた手指が動きだすと、一秒で勃起した。

「ふふっ、早漏でも女を満足させられるやり方、じっくり教えてあげる」

言葉とともに、熱い吐息を耳に吹きかけられ、浩一はぶるっと身震いした。

（教えてあげるって……おいおい）

新手の風俗なのか？　という疑惑ももちろんあった。

相談室を騙《かた》っている売春組織の可能性だ。

相談は無料でもそれ以上は有料となっております――すべてが終わると、香澄は妖艶な笑みを引っこめて請求額を口にする。だいたい、ラブホテルの部屋に入れば、それだけで料金が発生するに決まっている。

しかし……。

それならそれでいいと、浩一は覚悟を決めた。香澄が振りまいている色気に、ハートを鷲づかみにされてしまった。浩一は決してモテるほうではない。香澄のような美女とベッドインしたことはないし、そもそも彼女ほどあからさまにセックスの匂いを振りまいている女なんて会ったことがない。こんなラッキーチャンス、逃せばかならず後悔する。

それに、早漏でも女を満足させられるやり方があるなら、是が非でも教わりたかった。

茜をベッドで満足させられるようになれば、結婚への障害は取り除かれ、遠からずラブラブの新婚カップルになることができるのである。

つまり、これは浮気ではない。恋人を満足させるための修業であり、結婚できるかできないか、人生を賭けた運命の分かれ道と言っていい。

部屋に入った。

西洋の城を模《も》した外観も古めかしいラブホテルだったが、室内の時代錯誤感も大変なものだった。

ベッドが円形なら、天井や壁は鏡張りで、大人のオモチャの自動販売機がチカチカ光っている。間接照明に照らされたワインレッドのカーペットが、ギラギラと脂ぎっているように見え、さあ理性を捨てて欲望を剝きだしにしましょう、と言わんばかりのスペースだ。

なにより、室内にこもっている淫気《いんき》がすごかった。このラブホテルが昭和の遺物とすれば、築三十五年以上は経っている。つまり、いままで何千、何万というカップルが、この部屋で淫らな汗をかいてきたということだ。男女の体液の匂いが、部屋の至る所に染みこんでいそうだった。

とはいえ、部屋の雰囲気に気圧《けお》されている場合ではなかったし、もちろん、格好をつけている場合でもない。

「どっ、どうすればいいですか？」

浩一はそわそわしながら香澄に訊ねた。

「どうすれば、その……早漏でも女を満足させることができるんでしょう？」

「まずは好きにして」

香澄が無防備に両手をひろげたので、

「おっ、奥さん……」

浩一は抱きしめた。唇を重ね、舌を吸いあって、その勢いのまま、香澄を円形のベッドに押し倒した。

水色のワンピースの裾をめくると、ナチュラルカラーのストッキングに包まれた豊満な太腿が姿を現した。

（なっ、なんていやらしい……）

脊髄《せきずい》反射のように、右手が伸びていく。

太腿だけをこんなにも撫でまわしたことがないというほど、夢中になって手指を動かしてしまった。極薄ナイロンのざらつきもいやらしく、それに包まれた柔らかい肉の感触に、撫でまわすのをやめられない。

とはいえ、いつまでも太腿だけを撫でているわけにもいかず、じわじわと手指を両脚の付け根に近づけていった。

（こっ、これは……）

ワンピースの裾の中にむんむんと熱気がこもっていて、生々しい発情が伝わってきた。まだ下着を穿《は》いているにもかかわらず、これだけ熱気を放っているなんて、さすが人妻……。

だが、胸を躍らせながら股間に触れようとすると、

「待って」

香澄に手を押さえられた。

「先にシャワー浴びさせて……下の部屋、暖房が効きすぎてたから、蒸れちゃったみたい」

浩一は眼を見開いた。

蒸れた股間に顔面をこすりつけたい！　と興奮したが、いまは教えを乞うている立場である。ここはおとなしく従ったほうがいいだろうと思い直し、ワンピースの裾から手を抜いた。

香澄が上体を起こした。うつむきながら裾を直す仕草が妙に艶めかしかった。

「もしよかったら……」

妖艶な流し目を向けてきた。

「一緒にシャワー浴びる？」

浩一は即座にうなずいた。ヘッドバンギングをするように、何度も何度も……。

「じゃあ、ここで服を脱いでいきましょう」

浩一と香澄はベッドからおり、シャワーを浴びるために服を脱ぎはじめた。

服を脱がす楽しみは減ってしまったが、女が自分で脱ぐところを眺めているのも悪くなかった。

香澄が着ているのは、清楚な水色のワンピース——背中のホックをはずし、ファスナーをさげれば、あっさりと脱げる。

それでも香澄は、こちらの視線を意識しながら時間をかけて脱いだ。恥ずかしげに背中を向け、チラチラとこちらを振り返りながら……。

背中にブラジャーの白いストラップが見えると、浩一は生唾を呑みこんだ。三十五歳の人妻にもかかわらず、白い下着とは意外だったが、純白の清潔感が逆に、熟れた色香を際立たせている。

（おおうっ！）

ワンピースが脚から抜かれると、浩一は胸底で雄叫《おたけ》びをあげた。ナチュラルカラーのストッキングに、白いパンティが透けていた。丸々としたヒップを飾る、バックレースが艶やかだ。

女のパンティストッキング姿は、どうしてこんなにも男心を揺さぶるのだろうか？　しかも、いままで付き合ってきた若い世代にはあり得ないほど、色香がすごい。後ろ姿が匂いたつようだ。

できればじっくり眼福《がんぷく》を味わいたかったが、女にとってパンティストッキング姿は、男の眼にはさらしたくない楽屋裏なのだろう。香澄は中腰になり、すみやかにそれを脱いだ。

彼女の体を隠しているのは、あとは二枚の下着だけ……。

ありがたいことに、その古いラブホテルは壁が鏡張りだった。

香澄が背中を向けていても、鏡越しに正面からの下着姿が見えている。白いブラジャーはハーフカップで胸の谷間がくっきりと露わだった。股間には白いハイレグパンティがぴっちりと食いこんでいる。パンティを穿いた状態でも、いや、だからこそなのかもしれないが、恥丘《ちきゅう》がこんもりと盛りあがっているのがよくわかる。いやらしすぎるモリマンだ。

「やだもう。わたしばっかり脱がせないで」

鏡越しに、香澄が恨めしげな眼を向けてきた。

人妻のストリップショーに悩殺されるあまり、浩一はまだ上着も脱いでいなかった。あわてて脱ぎはじめ、ブリーフまで一気に脚から抜いた。

勃起しきったペニスが、唸《うな》りをあげて反り返った。それを見た香澄の眼が真ん丸になったのを、浩一は見逃さなかった。

（どうやら合格のようだな……）

香澄はすぐに顔を伏せたが、双頰が赤くなっていることまでは隠しきれなかった。とりあえず、落胆はされなかったようだ。彼女は自分のペニスを見て興奮している。

「奥さんも早く裸になってくださいよ……」

じりっ、と身を寄せていった。

「それとも脱がすの手伝ったほうがいいですか？」

「じゃあ……背中のホックをはずして」

チラリと振り返ってささやいた香澄は、すでに顔中を紅潮《こうちょう》させていた。恥ずかしそうにしながらも、欲情しきっているようだった。細めた眼の奥で、瞳がねっとり濡れている。

(なんてエロい人なんだ……これが人妻というやつなのか……)

浩一にとって、人妻とベッドインするのは初めての経験だった。熟女も初めてで、いままで年下としか付き合ったことがない。

2

白いブラジャーのカップが、はらりと胸から落ちた。香澄は浩一に背中を向けているが、正面の壁は鏡張りである。

香澄も当然、それがわかっているので、ブラのカップを落とした瞬間、両手で胸を隠した。

(うわあっ……)

両手でも隠しきれない巨乳だった。びっくりするほどたわわに実った肉房《にくぶさ》に、浩一はまばたきも呼吸もできなくなった。

香澄はもじもじしている。パンティをおろすためには、いつまでも両手を胸に置いておくわけにはいかないからだ。

何度か深呼吸してから、両手を胸から離した。すかさず前屈《まえかが》みになって、パンティの両サイドをつかんだ。無防備になった双乳が下を向いて垂れ、ひときわ大きく見える。熟れきったぶどうのような形をしている。

浩一はまだ、まばたきができなかった。眼の表面が乾いているのに、視線さえ定まらない。

巨乳も見たいが、下半身にもインパクトがある光景が用意されていた。パンティがおろされた瞬間、黒々と茂った陰毛が眼に飛びこんできた。

（すっ、すげえ毛深かったんだな……）

女が下の毛を整えるのが当然となった昨今では、ここまで野性的な生え具合は珍しいのではないだろうか？

まるで欲望の深さを誇示するような真っ黒な草むらで、奥から湿っぽい発情の匂いが漂ってきそうだ。

「じゃあ、シャワー浴びましょう」

香澄はひどく恥ずかしそうに浩一の腕を取ると、しなだれかかりながらバスルームに向かった。バスルームも古さを隠しきれなかったが、広かった。ゆうに十畳はありそうだ。タイル貼りの丸い湯船など、お湯を溜めるのに時間がかかりそうなくらい大きい。

シャワーヘッドを手にした香澄が、浩一の背中にお湯をかけてくれる。

(やさしいんだな……)

浩一は呆気にとられるしかなかった。年上の人妻なのに、奉仕するのが好きなタイプらしい。両手にボディソープを取ると、浩一の背中に塗りたくってきた。

「やっぱり若いっていいわね。お肌がつるつるで羨ましい」

香澄は浩一の後ろに立ち、背中にボディソープを塗っている。

「いやいや……もう二十九ですから、若くはないですよ」

「わたしからしたら若いわよ……ふふっ」

次の瞬間、背中に豊満な双乳を押しつけられ、浩一は息を呑んだ。

香澄はそのまま、ボディソープを潤滑油にして、胸のふくらみをこすりつけてきた。

「おっ、奥さんの肌のほうが、全然つるつるじゃないですか……」

お世辞ではなかった。驚くほどなめらかな肌触りで、一刻も早く手のひらで味わいたくなった。

「そう？　昨日エステに行ったからかしら」

ささやきながら、香澄は上下左右に動いている。巨乳がヌルヌルと背中ですべっているのもいやらしいが、そのうち、ふたつの突起が存在感を放ってきた。

乳首が勃っているのだ。

先ほどチラリと見た香澄の乳暈《にゅううん》はくすんだピンク色で、乳房全体に比例して大きめだった。

乳首も大きいのだろうか？　それとも大きめの乳暈の中心で、小さくぽっちり突起しているのか？

「おおうっ！」

浩一は声をあげてのけぞった。香澄の手が後ろから伸びてきて、勃起したペニスを握りしめたからである。そのましごかれると、激しく身をよじらずにはいられなかった。

決して強い力ではない。自分でオナニーするときよりずいぶん軽く握られているのに、はるかに気持ちいい。

女の細い指が、ボディソープでヌルヌルにヌメッている感触がいやらしすぎるのだ。ペニスを包んでいる手筒が動くたびに、浩一は声が出そうになった。男のくせに身をよじるのは恥ずかしいが、我慢できない。

「いっ、いや、あの……奥さんっ！」

浩一は上ずった声をあげた。

「あんまり刺激されると……まっ、まずいことになります……」

そもそも、浩一は早漏を解決したくて、『人妻相談室』を訪れたのだ。

香澄は早漏でも女を満足させる方法を教えてあげると言っていたが、こんなにいやらしい手コキをされては、教えてもらう前に出してしまいそうである。

「大丈夫よ」

背後にいる香澄は、背中で豊満な双乳をヌルヌルとすべらせながら、手コキをするのをやめようとしない。

「手でやってるぶんには、出そうになったらわかるから。あらやだ、もうこんなに硬くなってきた」

パッと手を離され、浩一の顔はきつく歪《ゆが》んだ。鏡を見れば、いまにも泣きだしそうになっている自分の顔と対面できただろう。

香澄の判断は、びっくりするほど的確だった。実際に射精しそうだったのだが、どうしてわかったのだろう？

とはいえ、そこまで追いこまれた状態でいきなり刺激を取りあげられるのは、それはそれでつらいものがある。耐えがたいもどかしさに、涙が出そうになってくる。

「まずは我慢することを覚えましょう」

香澄が耳元でささやいた。蕩けるように甘い声だった。

「出そうになっても我慢する。それを繰り返していれば、少しは耐性《たいせい》が出てくるでしょうからね」

「繰り返すんですか？」

「そうよ。まずは十回。それまでベッドインはおあずけ」

香澄の手指が今度は乳首に伸びてくる。コチョコチョとくすぐるように、いじりまわしてくる。指の動きに緩急をつけつつ、硬い爪をアクセントに使ってくるのが、熟練のテクニックを感じさせる。

（なっ、なんだこりゃあ……）

浩一は再び激しく身をよじらなければならなかった。自分の乳首が性感帯だと思ったことなどなかったが、怖いくらいに感じてしまう。

香澄は乳首だけではなく、腹部や尻や太腿を、ボディソープでヌメッた手指で愛撫してきた。

ただし、勃起しきったペニスだけは、刺激してくれなかった。焦《じ》らされたペニスはまるで釣りあげられたばかりの魚のようにビクビクと跳ね、先端から濃厚な我慢汁をあふれさせる。

（さっ、触って……触ってください……）

浩一の心の声は香澄には届かなかった。代わりに、熱い吐息を耳に吹きかけられた。続いて、舌がヌメヌメと耳殻《じかく》を這いまわりはじめる。

耳もまた性感帯だと思っていなかったが、声が出そうなほどに感じてしまった。たまらず首をひねって振り返り、キスを求めた。

香澄は応えてくれた。

お互い裸になっているせいか、先ほどよりずっと濃厚な口づけとなった。ふたりとも口の外に舌を出し、唾液が糸を引くほどからめあった。

香澄のリードだった。

キスひとつとっても、人妻はこんなにいやらしいものなのか――浩一は圧倒され、感動さえしてしまった。

「さあ、そろそろ続きをしましょうか。我慢大会の始まり、始まり……」

香澄はシンデレラ城のミステリーツアーにでも出かけるような無邪気な声で言い、再びペニスを握りしめた。

3

(ち っ、ちきしょうっ……汗がっ……汗がっ……)

額から噴きだした大量の脂汗が眼にまで流れこんできそうになり、浩一はあわてて指で拭《ぬぐ》った。

いったい、もう何回焦らされただろう？　七回か八回くらいか？

背後から乳房を押しつけるようにして立っている香澄は、予告通り、射精の寸止めを繰り返した。ボディソープにまみれたペニスをしごき、出そうになるとストップする。

常軌を逸した苦行だった。

額だけではなく、全身からガマの油のように汗が流れている。愛撫をストップされるたび、射精がしたくてしたくて、足踏みまでしてしまう。

とはいえ、寸止めに悶絶するのと同時に、浩一は手応えも感じていた。

これは単なる焦らしプレイではなく、早漏を防止するためのトレーニング。寸止めを繰り返されているうちに、射精を先延ばしにするコツのようなものが、うっすらとわかってきた気がする。

いまは香澄に完全にコントロールされているけれど、自分で手淫《しゅいん》をするときもこんなふうに焦らす訓練をしてみたら、早漏から卒業するのも夢ではないのではないか？　そう思うと、ほのかな希望が見えてきた。

それはいいのだが……。

射精寸前の興奮状態で延々と宙吊りにされているのは、やはり尋常ではない苦しさだった。

なにしろ、香澄の手つきがいやらしすぎる。ただ単に肉棒をしごくだけではなく、ひらひらと指を躍らせて棒の裏側をくすぐってきたり、敏感なカリのくびれを指腹でこすったり……。

浩一は首に何本も筋を浮かべ、両脚をガクガクと震わせていた。呼吸をするのもままならず、そのうち立っていることさえつらくなってきた。

（もう少しの辛抱だぞ。あと二、三回……香澄さんは十回我慢したらベッドインと言ってたじゃないか。もう少しだ……）

それを心の拠《よ》り所にして、自分を鼓舞《こぶ》した。寸止めされるやるせなさを、歯を食いしばってやりすごした。

香澄にいじられているペニスは限界を超えて硬くなり、自分のものとは思えないほど太くなっていた。そのうち爆発してしまうのではないかと心配になるほどだった。おまけに表面がまんべんなく敏感になっている。

喉から手が出そうなほど、セックスがしたかった。いまの状態で香澄を貫けば、易々《やすやす》と天国に行けるに違いない。いままで経験したことがないほどの肉悦《よろこ》びを嚙みしめながら、男の精を思う存分放出できる……。

「よく頑張ったわね。あと一回よ」

香澄がささやき、チュッと頰にキスをしてくれる。

「自分で自分に驚いてますよ」

浩一はハアハアと息をはずませながら、汗まみれの顔を歪めて笑った。

「奥さんを抱きたいから……抱きたくて抱きたくてしょうがないから、根性を見せて頑張ってるんです」

「ふふっ、嬉しいこと言ってくれるのね。じゃあ、最後の一回はもっと気持ちいいことしてあげる」

香澄は前にまわりこんでくると、ペニスについたシャボンをシャワーの湯で洗いながした。

「おおおっ……」

浩一は声をもらしてしまった。寸止めトレーニングで敏感になったペニスは、お湯をかけられただけで表面がひりひりするほど敏感になっていた。

「こうして見ると、本当に立派ね」

浩一の足元にしゃがみこんだ香澄は、きつく反り返ったペニスをまじまじと眺めてきた。

「早漏なんかでセックスを尻込みしちゃうなんて、もったいない。こんな立派なオチンチンなんだから……」

まるで顎をくすぐるように、裏筋をコチョコチョとくすぐってくる。

（それはこっちの台詞《せりふ》だよ……）

身をよじりながら香澄を見下ろしている浩一の眼には、先ほどまで背中に押しつけられていたふたつの肉山——類《たぐ》い稀《まれ》な巨乳が映っている。水色のワンピースを着ていたときはあんなに清楚に見えたのに、いまはいやらしさの塊だ。セックスが始まり、この肉山が揺れはずむところを想像すると、口の中に唾液があふれてしようがない。

「おおうっ……」

思わず声がもれたのは、香澄の唇が亀頭に吸いついてきたからだった。ノーハンド・フェラである。

香澄は手を使わずに亀頭や裏筋を舐めまわし、それから、ぱっくりと咥《くわ》えこんだ。亀頭が喉に届きそうなほど深く……。

「おおおっ……おおおっ……」

手コキで敏感になったペニスを、ヌメヌメした生温かい口内粘膜で包まれた。手コキとはまるで違う生々しい刺激に、体が小刻みに震えだす。

「ぅんっ……ぅんっ……」

香澄は悩ましい鼻息を振りまきながら、頭を振って唇をスライドさせてきた。ペニスの根元まで深々と呑みこんでは、カリのくびれまでゆっくりと唇をすべらせていく。

（たまらないよ……）

唇の裏側のつるつるした感触も眩暈《めまい》がするほど気持ちよかったが、口内では舌が動いていた。裏筋を執拗《しつよう》に舐めまわされると、早くも射精欲が疼《うず》きだした。

「むっ……むむむっ……」

浩一が腰を反らせると、チラッ、と香澄が上目遣いを向けてきた。我慢しなさい、と彼女の顔には書いてあった。浩一はうなずき、血が出そうなくらい唇を噛みしめた。

それでも射精欲はおさまってくれなかったが、香澄が察して口唇《こうしん》からペニスを抜いた。手を使って、ふたつの睾丸《こうがん》をあやしてきた。

「ぬおおおっ……」

それもまた、声が出てしまうくらい気持ちよかった。睾丸をつかまれると、まるで魂をつかまれたような気になったが、それは射精に直接繋がるような刺激ではない。

いったん、小休止だ。

浩一は、そもそもあまりフェラチオをされた経験がなかった。自分から求めることは滅多になく、いままで付き合ってきた女たちも、やらずにすむならありがたいという態度だったせいだ。

浩一がフェラチオを避けてきたのは、もちろん、早漏なので挿入前にペニスに刺激を与えたくなかったからである。

しかし、間違っていたかもしれない。

香澄の教えは、我慢すること、そしてペニスに耐性をつけることだ。刺激に弱く、すぐに出てしまいそうだからとペニスを甘やかしつづけたから、いつまで経っても早漏から卒業することができなかったのではあるまいか？

「おおうっ！」

鈴口をチュッと吸われた浩一は、天井を向いて眼を閉じた。瞼《まぶた》の裏に、歴代の恋人たちの顔が走馬燈のように流れていった。

別れた理由はそれぞれだが、どの女のこともベッドで満足させることができなかった。淡白でひとりよがりなセックスしかできなかったことが、すべての女との別れの原因であったような気がしてくる。

そして結婚を考えている現恋人・茜だ。

努力次第で満足させることができるのなら、さっさと努力してみるべきだった。茜のことは、掛け値なしに愛している。心から結婚したいと思っている。ならば、セックスのあとにちょっとむくれられたくらいで拗《す》ねていないで、前向きに頑張ってみるべきだったのだ。

香澄という人妻に出会い、浩一はようやくそのことに気づかされた。

4

バスルームを出た。

浩一は息も絶えだえで、満足に体を拭くこともできないまま、円形のベッドに倒れこんだ。体中が、ピクピク、ピクピク、と痙攣《けいれん》していた。

手コキで九回、フェラで一回、射精直前で寸止めをされた。

とくに、最後のフェラがきつかった。

カウントの基準が手コキのときとは変わったようで、ペニスをしゃぶられながら、五回くらいは射精しそうになった。

香澄はもちろん、そのたびにフェラを中断してくれたが、浩一も歯を食いしばって我慢しつづけた。

おかげで、いまは達成感で胸がいっぱいだった。やればできる、と思った。いきなりすさまじい持続力になるのは無理でも、この調子で訓練を重ねれば、いずれ人並み程度には女を満足させることができるのではないか……。

とはいえ、寸止め地獄から生還できた達成感に浸っていることができたのは、ほんの束《つか》の間《ま》のことだった。

すぐに香澄もバスルームから出てきた。熟れきった豊満なボディにバスタオルを巻いていたが、それを取ってベッドにあがり、浩一に身を寄せてきた。

（やっ、やりたい……）

魂の叫びを、浩一は胸底でこだまさせた。いまの自分はきっと、野獣のように眼をギラギラさせているに違いないと思った。これほどセックスを求めて興奮しているなんて、いまだかつてなかったことだ。

早漏脱却のトレーニングとはいえ、延々と寸止めを繰り返されたのである。全身の血液が、興奮でぐらぐらと煮えたぎっているようだった。

しかも、身を寄せてきているのは、お色気むんむんの三十五歳の人妻……。もはや巨乳を隠しもせず、胸を押しつけ、脚をからめてくる。黒々と茂った野性的な草むらが、こちらの太腿にこすりつけられる。

「おっ、奥さんっ！」

頭に血が昇った浩一はむしゃぶりつこうとしたが、香澄のほうが一瞬早く動いた。軽やかな身のこなしで、馬乗りになってきた。

濡れた瞳で、上から見つめられた。浩一も下から見つめ返す。

「あわてないで。もうちょっとわたしにリードさせてね……」

眼を細め、ウィスパーボイスでささやいてくる。

「あなた、思った以上に敏感だから、あなたにまかせちゃったら、すぐに出ちゃいそうだから」

たしかにそうかもしれなかった。自分で自分をコントロールできる自信が、浩一にはなかった。自分が上になって腰を使い、興奮が高まればきっと、射精に向かってまっしぐらだ。

「わかりました」

浩一がうなずくと、香澄は妖艶な笑みをもらして長い髪をかきあげた。バスルームではひとつにまとめていたので、女らしさが匂いたつ。

顔が近づいてきて、唇を重ねられた。お互いにすぐに口を開き、熱い吐息をぶつけあいながら、舌と舌をからめあった。

浩一はすぐに鼻息が荒くなった。香澄もそうだった。彼女も興奮しているのかもしれないと思うと、きつく反り返ったペニスがひときわ硬くみなぎった。

一刻も早くひとつになりたいと思っている浩一を焦らすように、香澄はキスをやめようとしなかった。

お互いの唾液が混じり合い、白濁したそれがふたりの口を行き来した。からまりあった舌がほどけなくなりそうなほど、熱烈なキスを続けた。

浩一の上に馬乗りになっている香澄は、ディープキスから耳へのキス、さらに乳首舐めと、愛撫の雨を降らしてきた。

そうしつつも、両手が蝶のようにひらひらと舞って、さまざまなところに触れてくる。触り方がいやらしいので、性感帯でもなんでもない、肩や腕に触れられてもたまらなく心地いい。

さすが人妻、と浩一は唸った。

いままで付き合ってきた年下の恋人たちに、これほどのベッドテクニックはなかった。これが本当のセックスなら、いままでしてきたのはおままごとのようなものかもしれない。

「気持ちいい？」

長い髪をかきあげながら、香澄がチラリとこちらを見た。びっくりするほど瞳が潤んでいた。欲情の涙で潤んでいるのだと思うと、浩一はいても立ってもいられなくなってしまった。

（いっ、入れたい……彼女の中に入りたい……）

人妻は、男心を読む力にも長けているらしい。浩一が挿入をねだる前に後退《あとずさ》っていき、騎乗位の体勢を整えた。

（人妻の騎乗位か……）

こうなってしまっては、浩一はもはや、まな板の上の鯉だった。料理されるのを待つしかない。もちろん、どんなふうに料理されても文句は言えない。煮て食おうが焼いて食おうが、好きにしてほしい。

「んっ……」

香澄が少し腰を浮かせた。

いよいよ結合の時が来たと浩一は身構えたが、感触が違った。興奮しすぎたペニスは臍《へそ》に張りつくような状態になっており、香澄はその上に乗ってきたのだ。結合するのではなく、反り返った肉棒の裏側に、蜜にまみれてヌメヌメしている女の花をぴったりと密着させてきたのである。

「あああっ……」

香澄が声をもらし、腰を動かしはじめた。ペニスの裏側で、ヌルッ、ヌルッ、と女陰《にょいん》をすべらせる。

(こっ、これは……このやり方は……)

性感マッサージ店などで行なわれているという、素股プレイに違いなかった。いわゆる本番をせずに客を射精に導くために性風俗業者が開発したやり方らしいが、まさか人妻がこんなことを……。

一瞬、香澄の正体は風俗嬢なのではないかと思ってしまった。すべてが終わったあと、金を請求されるのではないかと……。

しかし、いままでやさしくしてくれた相手に疑惑の眼を向けるのは、ゲスの勘ぐりというものだろう。

これもきっと香澄なりの早漏対策に違いない、と前向きにとらえることにした。焦らしはまだ続いているのだ。このもどかしいプレイに耐えてみろと、香澄は言いたいのである。

それにしても……。

「あううっ……くぅううっ……」

ヌルッ、ヌルッ、と女陰をすべらせるたびに、香澄の顔が紅潮していくのはどう解釈したらいいのだろうか？

素股プレイには普通、ローションが使われるはずだが、そんなものが必要ないくらい彼女は濡れていた。腰を動かせば動かすほど、新鮮な蜜が分泌して、すべりはよくなっていく一方である。

もしかするとこれは、早漏対策の焦らしでもなんでもなく、彼女が好きなプレイなのかもしれない。その証拠に、クリトリスが裏筋あたりにあたるたび、

「あううっ！」

淫らな声をあげて身をよじる。類《たぐ》い稀《まれ》な巨乳を自分でつかみ、指を食いこませて揉みしだきはじめる。

「こっ、興奮してきちゃった……」

香澄は羞《は》じらいと照れくささ、そして欲情が入り混じった顔で浩一を見つめてきた。当然のように、欲情の濃度がいちばん高かった。

「とってもエッチな格好、しちゃおうかな……」

香澄が両脚を立てた。

騎乗位の体勢だが、まだ結合はしていない。おそらく結合するために、和式トイレにしゃがむ格好になったのだ。

かなり長い時間、素股プレイで焦らされていた。ということは、焦らしている香澄も焦れているわけで、我慢できなくなったのだろう。生々しいピンク色に染まった顔から、欲情ばかりが伝わってくる。

「んんっ……」

香澄がペニスをつかみ、先端を濡れた花園に導いていった。彼女は両脚をM字に開いているから、結合部分が丸見えだ。

（わっ、わざとか……わざとなのか……）

浩一は人妻の大胆さに圧倒されつつ、眼を見開いて自分のペニスを凝視した。先端が香澄の股間の中心にあたっていた。彼女は陰毛がかなり濃いが、それでもアーモンドピンクの花びらがチラチラ見えている。

香澄が腰を落としはじめると、いきり勃ったペニスがずぶずぶと呑みこまれていった。しかし、一気に根元まで呑みこまないのもまた、人妻らしいドスケベな所作《しょさ》なのか……。

香澄は半分ほど入れた状態で、股間を上下に動かしはじめた。ヌルヌルの花びらを唇のように使い、ペニスをしゃぶりあげるような腰使いを見せる。ペニスの表面に、淫らな光沢《こうたく》を放つ発情のエキスを塗りつけてくる。

（エッ、エロい……エロすぎるだろ……）

真っ赤になった顔をこわばらせている浩一を見た香澄は、妖艶な笑みを浮かべた。しかし、眼だけは笑っていない。ねっとりと潤みきって、欲情の涙に瞳がいまにも溺れそうだ。

「あああっ！」

ようやく根元まで咥《くわ》えこんだ香澄は声をあげ、ぶるっと身震いした。もう、顔のどこにも笑みは浮かんでいなかった。眉根をきつく寄せた表情がいやらしすぎて、浩一はまばたきも呼吸もできなくなった。

とはいえ、いやらしいのは見た目だけではない。生温かくヌメッた肉穴に、ペニスがしっかりと埋まっている。

(まっ、まずいっ……これはまずいんじゃないのか……)

浩一の胸に暗色《あんしょく》の不安がよぎっていく。

手淫とフェラ、そして素股プレイで徹底的に焦らされたせいもあり、結合の感触だけで射精してしまいそうだった。それは大げさでも、香澄が動きだせば、十秒ともたないだろうと思った。

しかし、香澄はなかなか動きださなかった。結合部分を見せつける恥ずかしい格好のまま微動だにせず、やがて上体だけをこちらに倒してきた。

チュッとキスをされ、続いて乳首を舐められた。

「おおおっ……」

浩一は声をもらしてしまった。

女が結合したまま両脚を立て、上体を倒して男に愛撫する——いわゆるスパイダー騎乗位である。交尾が終わるとオス蜘蛛を食べてしまうこともあるという女《じょ》郎蜘蛛《ろうぐも》に形態が似ていることから、命名されたのだろう。

ＡＶでしか見たことがなかったが、いきなりこんなアクロバティックな体位を披露するなんて、さすが人妻……。

もちろん、感心している場合ではなかった。

「おおおっ……おおおおっ……」

香澄の乳首舐めが気持ちよすぎて、声を出すのをやめられない。ただ舐めるだけではなく、吸ったり甘嚙みしたり、快楽の波状攻撃に、浩一は情けないほど身をよじってしまう。身をよじれば、必然的に結合している性器と性器がこすれあう。浩一はしたたかにのけぞった。香澄はまだ腰を動かしていないのに、出してしまいそうだった。

5

早漏を俗に「三こすり半」などと言うが、ひとこすりもせずに射精してしまったら、さすがに男の面子《メンツ》が丸潰れというものだろう。早撃ちの自覚がある浩一でも、いつもなら一分くらいはもつのだ。

だが、香澄の乳首舐めがうますぎて、身をよじらずにはいられない。身をよじれば、スパイダー騎乗位で結合している性器と性器がこすれあう。ピストン運動とは比べものにならない微弱な刺激なのに、痺れるような快感が脳天にまで響いてくる。

「あっ、あのう、すいませんっ！」

たまらず香澄に声をかけた。

「どうかした？」

香澄はピンク色の吐息を振りまきながら言った。

「いや、その……もう出ちゃいそうなんですけど……」

こわばった体をぶるぶると震わせながら言うと、香澄は眼を丸くした。なにしろ、彼女はまだ腰を動かしていないのだ。

「そんなに気持ちがいいんだ、わたしのオマンコ」

淫らな四文字を口にされ、浩一の体の震えは激しくなった。綺麗な顔をしてなんてことを口走るのだと、興奮のあまり息もできない。

しかし、香澄が腰をあげて結合をといてくれたので、とめていた息を一気に吐きだすことができた。

それでも、安堵《あんど》するにはまだ早かった。香澄はすぐに動きだした。一瞬、なにが起こったのかわからなかった。

気がつけば、眼と鼻の先に女の花が咲いていた。アーモンドピンクの花びらがぱっくりと開き、つやつやと濡れ光る薄桃色の粘膜まで見えている。そしてそのまわりを縁取るのは、野性味たっぷりの黒々とした陰毛……。

香澄は浩一の顔の上でM字開脚を披露していた。

顔面騎乗位である。

「さあ、ここからが本番よ。早漏を回避するトレーニングの……」

香澄が言った。浩一は聞いていなかった。視線は彼女の股間に釘づけにされたままだった。

（なっ、なんていやらしいんだっ……香澄さんの……オッ、オマンコッ……）

昨今では、パイパンがもてはやされる風潮にある。脱毛サロンは大人気だし、AV女優も眼に見えてパイパンが多くなってきた。

なるほど、清潔感があるし、感度も高まりそうだし、なにより、陰毛に邪魔されず女性器を見ることができるのは、素晴らしいとしか言い様がない。

浩一はパイパンの女と付き合ったことがないので、密かに憧れていた。恋人の茜に脱毛サロン代を払って、ＶＩＯを綺麗に処理してもらおうと画策したことがあるくらいだ。

間違っていたのかもしれない。陰毛があったほうが女の股間はずっといやらしいのではないかと、宗旨《しゅうし》替《が》えしたくなった。とくに、香澄のように黒々とした剛毛は卑猥《ひわい》さの宝石箱だ。清楚な美貌とのギャップもあり、眼をそらせないほどの強烈なエロスを振りまいている。

「あのね……」

香澄が声をかけてきた。息のかかる距離に陰毛まみれの女陰があるので、浩一から彼女の顔は見えない。

「出ちゃいそうになったら、いったん抜いてクンニすればいいのよ。これがとっておきの早漏対策。女にとってはちょっと意外性があるから盛りあがるし、出ちゃいそうなのはあなたの都合ですからね。オチンチンを休ませている間も、女を悦ばせることを忘れちゃダメ」

なるほど、と浩一は胸底でうなずいた。前戯《ぜんぎ》を経て挿入するというのがセックスの手順だが、それはなにも一方通行でなくていいのだ。出そうになったらクンニするというのは、眼から鱗《うろこ》が落ちるような新発見である。

さあ舐めなさい、とばかりに香澄が股間を近づけてきた。浩一はごくりと生唾を呑みこんでから、舌を伸ばした。アーモンドピンクの花びらを舌先でめくり、薄桃色の粘膜をペロペロと舐めた。

不思議な気分だった。

もともとクンニはそれほど得意ではなかったし、好きでもなかった。結合をといていままで自分のものが入っていたところを舐めるなんて、考えてみたこともない。

しかし、舐めてみると意外なほど嫌悪感がなかった。むしろおいしかった。匂いのせいかもしれない。

淫らな熱気とともにむんむんと漂ってくる人妻のフェロモンが、男心をどこまでも揺さぶってくる。興奮のままに夢中で舌を踊らせていれば、嫌悪感を覚えている暇などない。

「ああっ、そこっ！」

舌先がクリトリスを刺激しはじめると、香澄はせつなげな声をあげた。

「そこよ……そこをもっと舐めてちょうだい……もっとねちっこく……」

見上げた浩一は、タップン、タップン、とバウンドしているふたつの胸のふくらみに悩殺された。両手を伸ばし、揉みくちゃにしてやりたかった。しかし、まずはクンニに集中するべきだと我慢する。

いまは香澄を悦ばせるときなのだ。きっちりと悦ばせてやれば、あの巨乳を揉みくちゃにするタイミングもかならず訪れる……。

もっとねちっこく、もっとねちっこく——胸底で呪文のように唱えながら、浩一は舌を動かした。

「んんんっ……あああっ……はぁあああっ……」

舐めるほどに、香澄のあえぎ声は甲高《かんだか》く、切羽《せっぱ》つまっていった。と同時に腰も動きはじめ、ヌルヌルの股間を浩一の顔面にこすりつけてくる。ヌルヌルの中にある陰毛のシャリシャリした感触が、卑猥なアクセントとなり、浩一の興奮をかきたてる。

「ああっ、ダメッ……気持ちいいっ……気持ちよすぎるっ……もっ、もうイッちゃいそうっ……ああっ、イクッ！　イッ、イッちゃううう——っ！」

ビクンッ、ビクンッ、と腰を跳ねさせて、香澄が叫んだ。絶頂に達したらしい。クリトリスを舐めはじめてから、まだ一分と経っていない。

浩一は呆気《あっけ》にとられてしまった。

（こっちも早漏だけど……）

こんなに早くイッてしまうなんて、ずいぶんと敏感な人だと思った。

しかも、イク前に両手を後ろについて体をのけぞらせており、その体勢で股間を上下させるという、いやらしすぎるイキッぷりを披露した。イキきってなお、ぶるぶるっ、ぶるぶるっ、と肉づきのいい内腿を震わせている。

これが熟れごろの人妻というものなのかもしれないが……。

それはともかく、浩一は舌先だけで女をイカせたのが初めてだった。早漏なので、中イキだってさせたことがない。

女をイカせるというのは、こんなにも男に自信と満足感を与えてくれるものなのか、と驚愕せずにはいられなかった。

いままで射精することしか考えずにセックスしていた自分が、途轍《とてつ》もなく愚かに思えた。

「ねえ、ちょうだい……オチンチンちょうだい……」

香澄はイキたての女陰をこちらに向けたまま、エロティックに腰をまわしている。ぱっくりと開ききった花びらの間で、薄桃色の粘膜に白濁した本気汁がからみついている。

浩一は気を取り直して上体を起こすと、香澄をあお向けに倒して、正常位で結合する準備を整えた。

(出そうになったら抜けばいい……出そうになったら抜けばいい……)

自分に言い聞かせながらずぶりっと貫くと、

「あううぅーっ！」

香澄は先ほどより甲高い声をあげ、白い喉を突きだした。結合しただけで、裸身を激しくくねらせた。

一度イッたことで、さらに体が敏感になったのかもしれない。心なしか、締まり具合も増したような気がする。

(たっ、たまらないっ……たまらないよっ……)

浩一は腰を動かし、ピストン運動を開始した。休憩を挟んだことで、すぐに発射する危険な状況ではなくなっていた。

それでも、本気の連打を十回も送りこむと、ペニスの芯が熱く疼《うず》きだした。射精がしたくてたまらなくなった。

ぐっとこらえてペニスを抜いた。早漏脱出の訓練のためでもあるが、もう一度クンニがしたかった。

それも、ただのクンニではない。あお向けで両脚をひろげている香澄を、マンぐり返しで押さえこんだ。

「はぁううう ーっ!」

ペロペロとクリトリスを舐め転《ころ》がしてやると、香澄は巨乳をタプタプ揺らして甲高い声をあげた。

もう一度舌先でイカせてやるつもりだったが、マングり返しで押さえこんだのには、もうひとつ別の理由もあった。

舌を使いながら、両手を香澄の胸に伸ばしていった。セクシャルに迫《せ》り出している双乳を鷲づかみにし、ぐいぐいと揉みしだいた。

(でっ、でかい……)

どれだけ力を入れても揉み尽くせないような量感に驚きつつ、柔らかな乳肉に指を食いこませる。搗《つ》きたての餅のような感触がたまらなく、いくらでも揉んでいられそうである。

「あぅうっ!　はぁううう ーっ!」

悶《もだ》える香澄の顔は、いやらしくなっていくばかりだった。眉根を寄せながら、薄眼を開けてこちらを見ていた。先ほど一度イッたばかりなのに、貪欲《どんよく》に絶頂をねだってきた。

「またイキそうなんですか？」

「ああっ、イキそうっ……イキそうよっ……」

浩一が剝き身のクリトリスに唇を押しつけ、チュウッと吸うと、

「はっ、はぁうううううーっ！」

香澄は宙に浮いた両脚をバタバタさせて、あえぎにあえいだ。

「あああっ、イクッ！　またイッちゃうううーっ！　クリちゃん気持ちいいいいーっ！」

マングり返しで押さえこまれた香澄は、髪を振り乱してオルガスムスをむさぼった。またもや一分もかからなかったから、彼女のクリトリスは浩一の想像などはるかに超えて敏感なのだろう。

それに加え、今回は念願だった巨乳もたっぷりと愛撫してやった。乳首が硬く尖《とが》りきるほどいじりまわしてやったので、その影響もあるはずだ。

「こっ、今度はわたしの番よ……」

香澄はハアハアと息をはずませながら浩一をあお向けに横たえると、後ろ向きでまたがってきた。背面騎乗位である。

前屈みになって結合するなり、香澄は腰を動かしはじめた。

尻の上下運動だ。こちらを向いている豊満な尻肉が、パチーン、パチーン、と音をたて、ぶるんっ、ぶるるんっ、と淫らに震える。乳房も大きい彼女だが、尻肉もかなりの迫力だった。大きいうえに、柔らかい。こちらの腰に打ちつけるたびに、たまらない感触が訪れる。

「ああっ、いいっ！」

香澄の腰使いは熱を帯びていくばかりだったが、浩一は冷静だった。正常位よりも騎乗位のほうが、射精をこらえるのが容易な気がした。

それは大いなる発見だった。いままでは正常位一本にこだわってきたけれど、女を上に乗せ、さらに出そうになったら結合をといてクンニすることで、セックスを楽しむ時間はかなり延びるだろう。一分ほどだった持続時間が、三分くらいにはなるかもしれない。

しかも、浩一は今日、女をイカせる悦びに目覚めた。女を満足させるのに、挿入にこだわる必要はない。発想の転換が心に余裕を生み、香澄が動きだして一分以上経っているのに暴発の兆《きざ》しはない。

「あううぅーっ！　はぁうううーっ！」

興奮しきった香澄は後ろに手をつき、のけぞって背中を浩一にあずけてきた。

香澄を後ろから抱きしめた状態になった浩一は、必然的に両手で巨乳を揉みしだいた。

初めて経験するアクロバティックな体位だったが、悪くなかった。破廉恥《はれんち》な格好で繋がっているという興奮もあるし、抱きしめているので一体感も味わえる。

「ダッ、ダメッ……もうダメッ……」

香澄が切羽つまった声をあげ、身をこわばらせた。またもや絶頂に達しそうなのだろう。

「オチンチン、すごく硬いわよ。あなたも出そうなんでしょう?」

たしかにその通りだった。

「中に出していいからねっ……中にいっぱいちょうだいっ……」

ここへきて中出しを許可されるとは、望外の喜びだった。

浩一の我慢も限界に近づいていたが、どうせなら一緒にイキたかった。

左手で巨乳を揉みしだきながら、右手を結合部に伸ばした。あお向けでのけぞり、両脚をひろげている香澄のクリトリスを探し当て、ねちねちと撫で転がしてやる。

「はっ、はぁうううううーっ!」

香澄が獣じみた悲鳴をあげた。こわばった裸身を、ガクガクと震わせた。

「イッ、イッちゃうっ……そんなことしたらすぐイッちゃううーっ！」

ジタバタと暴れはじめた香澄がどこかに飛んでいかないように、浩一は下からの抱擁《ほうよう》を強めた。

「イッ、イクッ！」

香澄が絶頂に達したのと同じタイミングで、浩一は欲望を解き放った。煮えたぎる男の精を、アクメに悶える香澄の中にどくどくと注ぎこんでいった。

第二章　妻がマグロで

1

泰之《やすゆき》は部屋に入ると、やたらとギラギラしている内装に圧倒された。

三十五歳にもなれば、ラブホテルくらい何度となく入ったことがあるが、この淫靡《いんび》さは異常である。少年時代、河原に落ちていた濡れたエロ本が放っていた雰囲気によく似ている。

「お金、かかりませんよねえ？」

おずおずと訊ねると、

「やだもう！」

若菜《わかな》と名乗った人妻は、ケラケラ笑いながら背中を叩いてきた。

「善意で悩み相談に乗っている女を、疑いの眼で見ないでほしいな」

盛り場の片隅で見つけた『人妻相談室』、若菜はその相談員だった。

無料を謳っていたので入ってみたところ、人妻というにはあまりにも可愛らしい女が対応してくれたのでびっくりした。

二十九歳と言っていたが、もっと若く見える。小柄で童顔のせいだろう。眼もぱっちりと大きくて、アイドルグループの一員と言っても通用しそうだ。

（こんな子に、性の悩みを打ち明けるのかよ……）

人妻とはいえ、六つも年下。しかもアイドル顔の女に相談するのはさすがに恥ずかしかったが、泰之の悩みは深かった。思いきって打ち明けてみると、裏口から階上に案内された。

階上はラブホテルである。密室でふたりきり、じっくりと解決策をご教示してくれるらしいが、淫靡な部屋の雰囲気と相俟《あいま》って、なんだか夢でも見ているような気分だった。

「どうぞ」

ソファを勧められ、泰之は腰をおろした。ラブホテル仕様の幅が狭いラブソファなので、ふたりで座ると体が密着しそうだった。若菜は少し離れた円形のベッドに腰をおろした。

（それにしても本当に人妻なんだろうか？　可愛すぎるよ……）

若菜の髪型は真っ黒いショートボブ。装いはパフスリーブの白いニットに、タータンチェックのプリーツスカート。いまにもステージでスポットライトを浴び、腰を振って踊りだしそうである。

「それで……」

つぶらで大きな眼がこちらを向いた。

「奥さんがマグロなんですよね？」

「……ええ、まあ」

泰之は渋面《じゅうめん》でうなずいた。年下の女にズバリと言われると傷ついてしまうが、それが泰之の悩みだった。

妻は同い年で、よくできた女だった。昼は保険の外交員としてフルタイムで働き、家事で手を抜くことはいっさいなく、どんなに忙しくても愚痴は絶対にこぼさない。

ただ、セックスだけはどうにも苦手のようだった。

恋人時代から気づいていたことだが、当時はあまり気にしていなかった。セックスには慣れが必要だから、結婚して一緒に暮らしはじめれば、そのうち自分をさらけだしてくれるようになるだろうと、楽観的に考えていた。しかし、結婚して一年が過ぎたいまでも、ベッドの中でもじもじしているばかりで、このままではセックスレスになってしまいそうな危機的状況に陥っている。

「不感症なんですかね？」

「いや……それはないと思うんだけど……」

実際、性感帯に触れれば、感じているような雰囲気はある。

「つまり、メンタルの問題だと」

「まあ、そういうことかもしれません……極端な恥ずかしがり屋というか、感じている姿を見せるのに抵抗があるというか……」

「でも、本音は乱れてしまいたい？」

「たぶん……」

泰之はうなずいた。

根拠があった。夫婦で共有しているパソコンに、女性向けのエッチな漫画を読んだ履歴が残っていたのだ。

泰之の記憶にはない漫画だったので、妻が読んだに違いない。

根拠は他にもある。

夜遅く帰宅して、妻がひとりで布団の中でもぞもぞしている場面に出くわした。訊ねることはできなかったが、あれは絶対にオナニーをしていた。つまり、自分で自分を慰めなければならないほど、性欲は旺盛《おうせい》なのである。

「なるほど……」

話を聞いた若菜は、ベッドから立ちあがった。迷宮入り事件に挑む探偵のような面持ちで、部屋の中をゆっくりと行き来しながら言った。

「むっつりスケベな女を、その気にさせるには……」

妻をむっつりスケベ呼ばわりされ、泰之はまた傷ついた。だが、実際その通りなので文句は言えない。

「前戯に時間をかけることですよ」

「それくらいやってますよ。ただ、相手が乗り気じゃないと、長くやるにも限界があるでしょ」

泰之はムッとした顔で答えた。

「なるほど。じゃあ『前戯の前戯』は？」

「はっ？」

「たとえば……」

若菜はいよいよ犯人を突きとめた探偵のように、人差し指を立てて言った。

「一緒にＡＶを観るとか」

「そっ、それは大胆なアイデアだ……」

「しかも裸で」

「えっ？」

「お互い裸で、でもキスしたり触ったりしたらダメで、一時間ぐらい黙ってＡＶを観てみる」

泰之はゆっくりと息を吐きだした。

（さすがだな……）

可愛い顔をしていても、彼女は人妻。夫婦の閨房《けいぼう》で鍛え抜かれているから、セックスに関しては海千山千なのだろう。若菜が提案した状況を想像しただけで、興奮がむらむらとこみあげてきてしまった。

世の中にはＡＶを毛嫌いしている女も多い。ただ妻の場合、エッチな漫画を読んでいるくらいだから、効果が期待できる。猫を被るのをやめて、本性を露わにするかもしれない。

とはいえ、探偵の真似をして上から目線でアドバイスしてくる若菜の態度は、ちょっといただけなかった。六つも年下のくせに生意気である。すんなり意見を受け入れるのは悔しい気がする。

「そんな方法で本当に女がその気になりますかねえ」

泰之は鼻で笑って言った。

「嫌な顔をされたり、笑われるのがオチなんじゃないかなあ」

「じゃあ試してみます？」

若菜はいきなり白いニットを脱ぎだした。仰天する泰之を尻目に、チェックのスカートまで脚から抜いてしまう。

（嘘だろ……）

泰之は動けなくなった。若菜の下着は光沢のある濃い紫だった。しかも腰に巻いたガーターベルトで、セパレート式のストッキングを吊っている。

グラビアでしか見たことがないセクシーランジェリーにも驚かされたが、小柄な若菜は体型も少女じみていた。バストやヒップにボリュームがないし、腰だってくびれていない。

なのにエロすぎる。一瞬で勃起してしまったほど、艶めかしい雰囲気がある。若くても、これが人妻の色香なのか……。

「さあ、あなたも早く脱いで」

若菜が言った。泰之が動けないでいると、上着を脱がされ、ネクタイをほどかれ、ワイシャツのボタンをはずされた。

泰之は抵抗できなかった。もちろん、勃起してしまったからだった。あっという間にブリーフまで脚から抜かれ、全裸にされた。

(なっ、なぜ俺だけ全裸に……)

若菜が下着姿なのでフェアではない気がしたが、臍《へそ》を叩きそうな勢いでペニスを反り返しておきながら、細かいことを口にすることはできなかった。

「男らしいですね……」

若菜はニヤニヤ笑いながら、品定めするようにそそり勃った肉棒に熱い視線を注ぎこんできた。

「とってもおいしそうなオチンチン……」

若菜は舌なめずりするように言うと、にわかに瞳をねっとりと潤ませた。

「AVはどういうのがお好み？　SMかしら？　それともスカトロ？」

「こっ、怖いこと言わないでくださいよ……」

泰之の額に脂汗が滲む。勃起をさらしている状態では、きわどい人妻ジョークにうまく対応することもできない。

「ごっ、ごく普通のやつにしてください。変態っぽいのはちょっと……」

若菜はこちらをチラッと見ると、「ふふんっ」と鼻で笑ってからリモコンを操作した。

「あっちに行きましょう」

若菜にうながされ、円形のベッドに並んで横たわった。

身を寄せあってはいない。ふたりの間には二〇センチくらい距離があり、正面のテレビ画面ではまるでふたりの代わりを演じるように、セクシー女優と男優が熱い口づけを交わしている。

(まともな作品みたいだな……)

泰之は内心で安堵の溜息をついた。画面に映っているのは、美女とイケメンのごくノーマルなからみである。

とはいえ、ふたりの口づけは唾液が糸を引くほど濃厚になっていき、お互いに裸になって愛撫が始まると、緊張せずにはいられなかった。

セクシー女優がフェラチオを始めても、そそり勃った男根にはモザイクがかかっている。一方の泰之はペニス丸出しで、時折ビクッと跳ねさせたり、先端から我慢汁を噴きこぼしたり……。

さすがに恥ずかしかった。

だが、それ以上に興奮していた。

隣にいるのは出会ったばかりの可愛い人妻——視線を感じた。モザイクのかかっていない、大勃起中のペニスに……。

横眼で若菜を見た。眼の下を赤く染めていた。先ほどまでの大胆さはどこへやら、羞じらいの表情になっている。

泰之はますます興奮してしまった。

小柄でアイドルみたいな童顔でも、彼女は人妻。女の悦びを知っている。夫にじっくりと開発された体を、紫色のセクシーランジェリーに包んでいる。

画面の中のプレイが、フェラチオからクンニリングスに変わった。

「ずっ、ずるくないかい？」

泰之は若菜に声をかけた。

「こっちはモザイクなしで全部さらしているのに、そっちは肝心なところを隠したままなのは……」

「つまり……」

若菜が上目遣いを向けてくる。アイドル級の童顔なだけに、可愛らしさの破壊力がすごい。

「わたしの裸が見たいんですか?」

「いや、まあ……」

泰之はごくりと生唾を呑みこんでから、うなずいた。

「でもわたし、自信ないんですよ。裸になるとホントに子供みたいなスタイルで……こういうエッチなランジェリーを着けていると、ちょっとは大人っぽくなるけど……」

たしかに大人びたスタイルではないかもしれないが、そういう問題ではない。こちらはモザイクの向こう側が見たいのである。女が見られて恥ずかしい場所であればこそ、乳首や股間を拝みたいのだ。

泰之がよほど物欲しげな顔をしていたのだろう。若菜は小さく溜息をつき、

「じゃあ、ちょっとだけですよ……」

若菜は上体を起こしてこちらを向くと、ブラジャーのカップの上端を、チラッとめくった。

一瞬で元に戻したが、可愛らしい薄ピンクの乳首がしっかり見えた。

しかも、乳房が思ったより大きかった。肉まんサイズである。

泰之は巨乳信者ではない。肉まんくらいふくらんでいれば、充分そそる。

「下も見ます？」

恥ずかしげな上目遣いを向けてきた若菜の頬は、欲情のピンク色に染まりはじめていた。羞じらいつつも見てほしいという複雑な女心が、生々しく伝わってくるようだった。

若菜がこちらに向けて両脚を開いた。

M字開脚である。

その股間には光沢のある濃い紫のパンティが、ぴっちりと食いこんでいる。恥丘《ちきゅう》がやけにこんもりと盛りあがっていた。土手高《どてだか》の女は名器が多いというが、彼女の場合はどうなのだろう？

「ちょっとだけですからね……」

若菜の可愛い童顔はいよいよ真っ赤に染まってきた。セクシー女優にはない羞じらいの表情に、泰之は大量の我慢汁を噴きこぼした。

若菜はパンティのフロント部分に指をかけ、片側にずらした。ブラジャーのときと同様、すぐに元に戻したが、泰之は眩暈がするほどの興奮を覚えた。

（けっ、毛がないじゃないか……）

若菜はパイパンだったのである。

小高い恥丘が真っ白で、つるんとしていた。しかし彼女は二十九歳の人妻。無毛でも少女とは違う。成熟した女性器の持ち主である。

アーモンドピンクの花びらが、ひどく分厚くて大きかった。くにゃくにゃと縮れて、巻き貝のように複雑に重なりあっていた。

やけに弾力がありそうだった。結合時の感触を想像すると、泰之は身震いがとまらなくなった。

（やっ、やりたい……いますぐむしゃぶりついて貫きたい……）

興奮するなというほうが無理な相談であるが、これが『前戯の前戯』の練習ということを忘れるわけにはいかなかった。

むっつりスケベな妻と充実した性生活を送るため、若菜の好意で協力してもらっているのである。力ずくで押し倒したりしたら、相手の好意を踏みにじる人間の屑になってしまう。

テレビ画面では、男優が女優を貫いていた。ゴージャスな夜景を見下ろしながらの立ちバックだ。パンパンッ、パンパンッ、と豪快な音をたてて、男優が女優を突きあげている。

「こっ、こういうのAVじゃよく観るけどさ……」

泰之は苦笑いしながら言った。おしゃべりで気をまぎらわそうと思った。

「ホントに立ちバックなんてやってるカップル、いるのかね」

「えっ？」

若菜が眼を丸くして口を押さえた。

「やったことないですか？」

「ない、ない。なんか体力が必要そうじゃない？　自信ないよ」

体力以外にも、長大なペニスや鋼鉄のような勃起力だって必要そうだ。

「わたし……」

若菜が親指の爪を嚙みながら言った。

「いちばん好きな体位かも、立ちバック」

「マジで？」

今度は泰之が眼を丸くする番だった。

「新婚時代を思いだすんですよねー。おうちで晩ごはんの準備してると、夫が帰ってくるなり求めてくるんですよ。ごはんつくってるからちょっと待ってって言っても、我慢できないからって強引に後ろから入れられて……」

まったく、なんでもあけすけに話す女である。

「わたし、いやいやって言ってるのに、本当はすごい感じてて……愛されている実感があるんでしょうね……すごい濡れるし、あっという間にイッちゃうし、結局、ごはんなんて後まわしで、ベッドに移動して本格的に求めあって……ふふっ、懐かしいな」

若菜は遠い眼で言いつつも、もじもじと腰を動かしはじめた。

2

「ごめんなさい」

若菜はブリッ子アイドルのように、自分の頭をコツコツと叩いた。

「むっつりスケベの奥さんを、どうやってその気にさせるかでしたね。わたしの新婚時代の思い出なんてどうでもよくて……」

「そうだけど……」

泰之の鼻息は荒くなっていくばかりだった。

(ほっ、本当は、彼女も待ってるんじゃないか？ 身の下相談というのは口実で、火遊びするのが目的なんじゃ……じゃなきゃ、ここまでするかね？ なんでもあけすけに話すし、アソコは見せるし……）

正直、妻のことなんてどうでもよくなりかけていた。テレビ画面の中ではセクシー女優が立ちバックで後ろからパンパンッ、パンパンッと突かれている。泰之の頭の中では、新婚時代の若菜が台所で後ろから突きまくられている。

（彼女みたいに小柄な女なら、立ちバックもできるかもしれないよな……）

妄想を逞《たくま》しくしていると、

「オナニーしてみたらどうですか？」

若菜が唐突に言い、泰之はキョトンとした。

「とりあえず『前戯の前戯』作戦を実行してみて、それでも奥さんがその気にならなかったら……隠れてこっそり欲望を処理してるってテイで、オナニーしてるところをわざと見せるんですよ。わざと見つかるというか……そうしたら奥さんも同情してくれて、ベッドで本気出すんじゃないですかね」

「そっ、それは……」

泰之は苦笑した。

「いくらなんでも、さすがに恥ずかしいなあ。妻にオナニーしてるところを見せるなんて、ほとんど変態じゃないか」

「見せるんじゃなくて、見つかるんですってば」

「わざとなら、見せるのと一緒だよ」

「そんなに恥ずかしいですか？　オナニーしてるところ見られるの」

「恥ずかしいね」

泰之は呆れた顔で言ったが、若菜がこちらを見る目は穢《けが》れを知らない少女のようにまっすぐだった。

「けっこう興奮しますよ。わたし、夫の前に付き合ってた彼が超ドSだったから、よくやらされました」

泰之は胸底で深い溜息をついた。

可愛い顔をして、とんでもないことばかり口にする。なるほど、これほどの度量がなければ、『人妻相談室』の相談員にはなれないということか。いったいどういう組織なのか、その全貌を知りたくなってくる。

「よかったら、わたしが先にやってみせましょうか」

若菜がボソッと言った。

「なっ、なんだって？」

驚いて二度見した泰之を尻目に、若菜はベッドからおりた。

シャワーでも浴びにいくのかと思ったら、その場で胸をまさぐりだした。立ったままだ。にわかに表情が色っぽくなり、きりきりと眉根を寄せていく。

「まっ、まさか、立ったままオナニーするの？」

呆気にとられている泰之に、

「はい。立ったままのほうが気持ちいいですよ」

若菜は平然と言い放った。

「イキそうになるとくらくらして、立っていられなくなるんですけど、それがとっても気持ちいい……で、イクまで我慢して、イッたらバタンってベッドに倒れるんです」

「……なるほど」

立ちバックもそうだが、泰之には立ってオナニーをした経験がなかった。しようと思ったこともない。

「ああんっ……」

若菜は肉まんサイズの乳房を両手でまさぐっている。紫色のブラジャーが少しめくれ、人妻とは思えないほど清らかな薄ピンクの乳首がチラリと顔をのぞかせる。色合いは清らかでも、むくむくと物欲しげに尖ってくる。

（エッ、エロいじゃないかよ……）

考えてみれば、女がオナニーしているところを生身で見るのは初めてだった。AVでもそんなシーンは早送りだ。目の前の貪欲な人妻に比べ、自分はなんて淡白で好奇心の欠乏した男なのだろうと、泰之は少し反省した。

「ああんっ、やっぱり見られながらだと、とっても興奮しちゃう……」

若菜は両手で双乳をまさぐりながら、腰までくねらせはじめた。ブラジャーがもどかしいとばかりにカップをめくりさげ、ふたつの乳首を露わにする。薄ピンクの乳首はすでにいやらしいほど突起しており、それを両手でつまみながらあんあんと声をもらす。

（すっ、すげえなっ……）

自慰に耽《ふけ》る人妻のあまりのいやらしさに、泰之は生唾を呑みこむのをやめられなかった。

若菜がセクシーランジェリーを着けたままなのは、スタイルに自信がないかららしい。たしかに少女じみた体型をしているが、次第にそれすらエロティックに見えてきた。

泰之はロリコンではない。そうではなく、仕草や動きに、少女にはあり得ない艶があるのだ。ボリュームが足りないと思っていたバストやヒップさえ、だんだん丸みを帯びてきたように見える。

しかし、その程度で圧倒されていた自分を、次の瞬間、ぶん殴りたくなった。右手を下半身に這わせていった若菜の両脚が、ガニ股になったからだ。

より正確に言えば、両脚が縦長のダイヤ形になっている。その体勢で、紫色のパンティの上から、女の割れ目をなぞりはじめたのである。

(エッ、エロすぎるだろ……)

泰之は度肝を抜かれてしまった。こんないやらしい格好でオナニーをする女なんて、想像したことすらない。

たしかに、脚を開かなくては女は性器を刺激できないかもしれない。だが、なぜガニ股なのだ。両脚を開けばすむ話なのに、どうして踵と踵をくっつけたまま、両脚を縦長のダイヤ形にするのだろう。

(挑発しているのか？　これは俺に対する挑戦か？)

むらむらするのをこらえきれなくなってきた泰之を尻目に、

「んんっ……」

若菜は右手の中指を口に咥えてしゃぶりだした。こちらを見る眼つきがトロンとしている。その眼が曲者《くせもの》だった。童顔に幼児体型でも、眼つきが人並みはずれてセクシーだから、彼女は大人っぽく見えるのだ。

若菜の右手が紫のパンティの中に入っていく。中は見えないが、パイパンなのは先ほど確認済みだった。陰毛に守られていない剝き身の割れ目を、唾液に濡れた中指が……。

「ああんっ！」

若菜は甲高《かんだか》い声をあげ、ガニ股の両脚を震わせた。紫色のパンティの中で、右手がもぞもぞ動いている。その動きに呼応するように、腰が激しくくねりだす。グラインドさせたり、クイッ、クイッ、と股間をしゃくったり……。

（なっ、なんてことをしてくれるんだ……）

若菜に向かって身を乗りだしている泰之は、先ほどから震えがとまらなかった。欲情と興奮の身震いだった。

股間のイチモツは勃起しきってビクビクと跳ね、糸を引くほど我慢汁を垂らしている。

（いっそ俺も一緒に……）

オナニーしたくてたまらなかったが、それはできない。一度断ってしまったので、ここは若菜がイクまで我慢するしかない。

「立ってオナニーする弱点は……」

ハアハアと息をはずませながら、若菜が言った。右手は紫色のパンティの中で動いている。

「指を入れづらいことなんですよね。先っぽは入りますよ。でももっと奥まで刺激が欲しいとすごくもどかしい……」

もはや腰を動かすだけではなく、股間を上下させている。ダイヤ形になっている両脚の横幅がひろがったり、縦長に戻ったりする。

「ああっ、奥まで刺激したい……本当は指なんかじゃなくて……オッ、オチンチンが……硬くなったオチンチンが欲しい……」

泰之は言葉を返すことができなかった。

若菜は興奮しきっている。紫色のパンティの中は見えなくても、耳をすませば花びらをいじる粘っこい音が聞こえてくる。

僕の粗チンでよろしければお貸しいたしましょうか、という言葉が喉元まで迫りあがってきていた。

しかし、言えない。若菜の本音が読めない。

挑発的な言葉を口にしても、彼女はオナニーに夢中だった。淫らな台詞《せりふ》を口走ることで、見られながらのオナニーを楽しんでいるようにも感じられる。言葉責めの逆パターンである。

ならば邪魔はできないし、なにより、この行為の結末を見届けたくてしかたがない。

「ああっ、ダメッ……ダメですっ……」

若菜が震える声をもらした。

「イッ、イッちゃう……イッちゃいそう……もう我慢できない……」

にわかに呼吸を昂《たか》ぶらせ、全身をこわばらせた。眉根を寄せ、歯を食いしばり、紫色のパンティに突っこんだ右手の動きを激しくする。もう呼吸はしていなかった。そのせいで、可愛い顔がみるみる生々しいピンク色に染まっていく。耳や首筋や胸元まで……。

「イッ、イクッ！」

叫ぶように言うと、ガニ股のまま、白い喉を突きだしてのけぞった。ぶるっ、ぶるるっ、と紫色のランジェリーに包まれたボディを小刻みに震わせて、オルガスムスを嚙みしめた。

イキきると、ベッドにダイブしてきた。うつ伏せに倒れて、体中をピクピクと痙攣させた。紫色のパンティに包みこまれた小ぶりの丸尻がいやらしすぎて、泰之は完全に悩殺された。

（エッ、エロいだろ……エロすぎるだろ……見知らぬ男の前でイクまでオナニーするなんて……）

若菜はしばらく呼吸を整えていたが、やがて恥ずかしそうに顔をあげ、

「……イッちゃった」

と照れくさそうに笑った。顔中にまだアクメの余韻がありありと残っていて、笑顔までいやらしすぎる。

3

「今度はあなたの番よ」

「えっ……」

泰之は固まってしまった。自分にオナニーをうながすために若菜はオナニーしたのだから、そういう展開は充分に予想できた。

しかし、ラブホテルの一室に全裸の男と発情しきった半裸の女がいて、オナニ

ーするなんてあまりに理不尽。いっそセックスをさせてくれないだろうか――物欲しげな眼つきで若菜を見つめると、

「奥さんが同情してくれるくらい、迫真のオナニーを見せてくれたら……」

若菜は親指の爪を噛みながら、上目遣いでささやいた。

「ちゃんとご褒美は用意してありますから……」

「ううう……」

泰之はもう逃げられなかった。ベッドの下で立ったままオナニーをすることになった。もちろん、立ちオナニーの愛好家だという若菜の提案である。

（まいったな、まったく……）

人前でイチモツをしごくのも、立ったままオナニーするのも、三十五歳にして初めての体験だ。

とはいえ、若菜はご褒美を約束してくれた。この状況でご褒美となれば、セックス以外にないだろう。あるいはフェラ、最低でも手コキ……。ならば恥を忍んで醜態《しゅうたい》をさらすしかない。

自宅の寝室でオナニーをしているところを妻に見つかり、彼女がその気になるという展開はあまり期待できない気がしたが、もはやそういう問題ではなかっ

た。若菜にご褒美セックスをさせてもらうために、恥をかくのである。

「むうっ……」

イチモツを握りしめると、声がもれた。意思ではなく、手指が勝手にしごきはじめ、気がつけば腰を反らしていた。

眼がくらむほど気持ちがよかった。若菜に見られているからとか、立ったままの体勢のせいというより、興奮しきっているからだろう。

考えてみれば、ふたりでAVを観はじめてから、延々一時間近く焦らされているのである。

紫色のセクシーランジェリーに包まれた女体が目の前にあるのに、指一本触れることができず、あまつさえ立ちオナニーでイクところまで見せつけられた。健康な男なら、興奮しないわけがない。

「すごーい」

若菜はベッドにうつ伏せになり、眼を輝かせながらこちらを見ている。

「実はわたし、男の人がオナニーするところって、初めて見るんですよ。もっと近くで見ていいですか？」

「……いいけど」

ペニスの先端からはすでに、大量の我慢汁が漏れ、糸を引いて絨毯《じゅうたん》に垂れていっている。

（いつまでやればいいんだろうな……）

もう三分くらいはしごいているので、そろそろいいのではないだろうかと思った。一度のセックスで何度でもイケる女とは違い、男は一度射精してしまうと、復活するまで時間がかかる。ご褒美にセックスさせてくれるつもりなら、もうそろそろ……。

泰之の気持ちも知らず、若菜は楽しげな顔でベッドからおりてくると、足元にしゃがみこんだ。大きな眼を真ん丸に見開いて、いきり勃ったペニスをまじまじと眺めてくる。

若菜は可愛いので、見られていると興奮するが、興奮しすぎて射精欲がこみあげてきてしまいそうだ。

「よかったら、手伝ってあげましょうか？」

若菜が悪戯っぽく笑った。

「てっ、手伝うって？」

「どっちがいいですか？」

顔の横でパッと右手を開き、さらに舌を出した。つまり、手でしごいてほしいのか、舌で舐めてほしいのかを問われているらしい。

（マジか？　本当に舐めてくれるのか？　それとも、ご褒美はセックスじゃなくて、フェラ……）

それはないぜと思ったが、さすがに確認することはできず、

「……しっ、舌で」

口ごもりながら答えると、

「じゃあ、もう少しゆっくりしごいてください」

「いっ、いいけど……」

泰之がしごくピッチをスローダウンさせると、若菜が舌を出しながら股間に顔を近づけてきた。

普段の自慰よりずいぶんと遅いスピードで、泰之はイチモツをしごいた。手筒を先端から根元まで動かすのに、三秒くらいかける感じだ。

股間に顔を近づけてきた若菜は、手筒が根元のほうにおりていくと、裏筋をチロチロと舐めてきた。

「おおおっ……」

思わず声が出てしまった。尖らせた舌先でくすぐるように舐めてくる若菜は、可愛い顔をして、さすが人妻だ。なかなかのテクニシャンである。

「おおおっ……おおおおっ……」

チロチロ、チロチロ、と裏筋を舐められるほどに、泰之は声を出し、腰を反らせた。いつものオナニーより、イチモツが硬くなっている実感があった。ふたりがかりで刺激というのも、たまらないものがある。

「やっぱり手も使いますね」

若菜は右の手のひらで玉袋を包みこんだ。睾丸をあやすように、やわやわと刺激された。

もちろん、舌先による裏筋のくすぐりもつづいている。肉棒をしごいている刺激も加え、愉悦《ゆえつ》の三重奏に両脚がガクガクと震えだす。

「ぬおおおおーっ！」

雄叫びじみた声をあげてしまったのは、若菜がついにぱっくりと亀頭を咥えこんだからだった。

つるつるした唇の裏側をカリのくびれにぴっちりと密着させ、口内で舌を踊らせる。そうしつつ、上目遣いでチラチラとこちらを見上げてくる。

泰之はたまらず、肉棒をしごくピッチをあげた。迫りあがった睾丸を、若菜は爪を使ってくすぐってきた。

たまらなかった。

一瞬、頭の中が真っ白になり、なにも考えられなくなった。

「ぬおおおーっ！　おおおおーっ！」

怒濤《どとう》の勢いでこみあげてくる快楽に翻弄《ほんろう》され、危機を管理することができなかった。

ドクンッ！　と下半身で爆発が起こった。

そんなつもりはなかったのに、射精してしまったのである。

ドクンッ！　ドクンッ！　ドクンッ！

マグマのように煮えたぎった白濁液が、すさまじいスピードで尿道を駆け抜け、痺れるような快感が体の芯を熱く震わせた。頭の中は真っ白なままで、なにも考えることができない。

しかし……。

我に返ると地獄が待ち受けていた。

射精する寸前、若菜は亀頭から口を離していたのだ。大量に放出された男の精は、若菜の可愛い顔にかかった。いわゆる顔面シャワーである。

自分でもびっくりするほど大量に飛んだ。若菜の顔はコンデンスミルクをぶちまけられたようになり、放出を終えると、あまりの気まずさに泰之は声を出すこともできないまま、ただ両膝をガクガクと震わせていた。

「……やってくれましたね」

若菜は地獄の底から響いてくるような低い声で言い、精子のかかった瞼をほんの少しだけ開けて、亀頭をぱっくりと口唇に咥えた。ふっくらした左右のほっぺたが、べっこりとへこんだ。

「ぐぐっ……」

鈴口を思いきり吸いたてられ、泰之は身をよじった。驚くほど強い吸引力だった。残滓《ざんし》はすっかり吸いとられたけれど、若菜の唇から伝わってくるのは、奉仕の精神でもやさしさでもなかった。

（おっ、怒ってる……これは怒ってるぞ……）

断りもなしに顔面に射精されれば、誰だって怒るに決まっている。とはいえ、やってしまったからには、もはやどうしようもない。

4

泰之は円形のベッドにひとりで横たわっていた。

（やっちまったな……）

後悔と罪悪感が胸で疼《うず》いている。

若菜のフェラは気持ちよかった。さすが人妻と唸ってしまう舌使いだったが、だからと言って勝手に顔面にかけてしまった言い訳にはならない。

若菜は、洗面所に顔を洗いに行っている。しばらくして戻ってきたときは、すっぴんだった。

化粧を落とした顔は、二十九歳にしてはずいぶんとあどけなかったけれど、表情は険《けわ》しかった。しかも、ベッドにあがってくることなく、腰に手をあてた仁王立ちで睨んでくる。

「……おっ、怒ってる？」

上目遣いで顔色をうかがいながら、泰之は訊ねた。

「はい」

若菜はきっぱりとうなずいた。

「顔に射精……わたし、夫にだってされたことがありませんから」

超ドSの元カレにはされたんじゃないかと思ったが、もちろん口にはできない。

「悪かったよ……」

泰之は謝った。

「フェラがあんまり気持ちよかったから、つい……」

申し訳ないことは申し訳なかったが、ここまで機嫌を損ねてしまっては、彼女とセックスすることはもうできないだろう。できるわけがない。そう思うと、泣きたくなってきた。

「ご機嫌とってください」

若菜が横顔を向けて言った。横顔の表情も険しかったが、眼の下がほんのり赤くなっている。

「立ちバックでご機嫌とって」

「えっ……」

泰之は身を乗りだした。

「あんなことしたのに、やらせてくれるのかい？」

「やらせてあげるっていうか、ご機嫌とってほしいんです。このままじゃわたし、帰れません」

若菜は泰之に背中を向けると、部屋の隅に向かった。壁際だ。立ちバックで両手をつくためだろうが、その部屋の壁はもれなく鏡張りになっていた。

（許してくれるのかよ……）

泰之は夢でも見ている気分で、ベッドからおりた。

若菜は鏡に両手をつき、尻を突きだしていた。小柄なうえ、少女じみた薄い体をしている彼女だが、尻だけはプリッと丸みがあって女らしさが匂いたつ。

しかも、その体は紫色のセクシーランジェリーに包まれていた。ブラジャー、パンティ、ガーターベルトの三点セット。さらに、ナチュラルカラーのストッキングはセパレート式で、太腿を飾る花柄のレースがエロティックだ。

射精してから十分と経っていないのに、泰之のイチモツは蘇った。女を貫ける形状に、むくむくと隆起していった。

とはいえ、不安もある。

射精直後でなくとも、立ちバックを楽しめるような勃起力が自分にあるとは思えない。ああいったアクロバティックな体位は、ＡＶ男優のような長大なペニスと絶倫と言っていい精力が必要に違いないからだ。

だがもちろん、尻尾《しっぽ》を巻いて逃げだすわけにはいかなかった。断りもなく顔面に精子をかけた責任をとらなくては、男がすたるというものだ。

(大丈夫さ。彼女は小柄だし、体重だって軽そうだし……)

立ちバックと体のサイズにどんな因果《いんが》関係があるのかわからなかったが、泰之はなんとか自分を奮い立たせた。

「ねえ、早く……」

若菜は突きだした尻を振りたてた。丸みもいやらしい小尻である。アイドルのような童顔と相俟って、悩殺されてしまいそうになるが、泰之は自分を落ちつかせた。

(焦っちゃダメだ。これは彼女のご機嫌をとるためのセックスなんだ……)

泰之はまだ、若菜にまったく愛撫をしていなかった。いくら彼女が欲しがっているとはいえ、愛撫もせずに挿入するのは、大人の男としていかがなものかと思う。

何度か深呼吸をしてから、若菜の後ろにしゃがみこんだ。紫色のパンティに手指を伸ばしていき、両サイドをつまんで太腿までめくりおろした。ガーターストッキングを吊るストラップの上から穿いているので、パンティだけをおろすことができる。

（可愛いお尻だ……）

両手で尻の双丘《そうきゅう》をつかんだ。丸みを味わうように撫でまわすと、それだけで若菜は身をよじりだした。

すっかり欲情しているようだが、急がばまわれの精神である。こちらは勃起力に自信がないうえ、射精直後というビハインドもある。欲情しているなら欲情しているで、愛撫でたっぷりよがり泣かせてやればいい。

「んんんっ……」

尻の双丘をぐっと割りひろげると、若菜は小さく声をもらした。泰之は彼女の背後にしゃがんでいるから、剝きだしになったアヌスに、鼻息でも感じたのだろう。性器から漂ってくる濃厚な女の匂いに、泰之の鼻息はにわかに荒くなっていった。

アヌスの下に、アーモンドピンクの花びらが見えた。ほんの一瞬だけだが、先ほどはパンティのフロント部分をめくってもらい、前から見た。後ろから見ても、大ぶりで肉厚な花びらが、巻き貝のように複雑にからみあっている。

花びらの奥までのぞきこみたい誘惑に駆られたが、こちらの欲望はいったん置いておき、まずは人妻ファーストだ。

「ああああっ……」

花びらの表面に舌を這わせてやると、若菜は声をもらして身震いした。敏感な反応だった。ねろり、ねろり、と舌を這わせるほどに、声も身震いもとまらなくなっていく。

泰之は尻の桃割れに鼻面《はなづら》を突っこみ、大ぶりの花びらを口に含んだ。音をたててしゃぶりまわせば、若菜がひいひいとあえぎだす。

よがっている顔が、正面の鏡に映っているはずだった。拝みたかったが、そのためには立ちあがらなければならない。いまはまだ早い。

新鮮な蜜がどっとあふれてくると、花びらをしゃぶりながら右手の中指でクリトリスをいじる。

「あううっ！」

若菜が甲高い声をあげ、尻を突きだしてくる。いやらしい反応だった。もっと刺激が欲しいらしい。

ならば、と泰之は花びらから口を離し、左手の中指で穴の入口をいじった。そのまま、ずぶりと肉穴に埋めこんでいく。若菜の中は奥まで濡れていた。さらに空いた舌で、アヌスを舐めまわす。可憐《かれん》なすぼまりを、細かい皺を伸ばすように刺激してやる。

「あああっ……あううーっ！」

若菜は激しく身をよじった。いやいやをしているようで、感じていることは隠しきれない。

アヌス、膣奥、クリトリス——女の急所三点同時攻撃に、大量の蜜がしたたってくる。

（締まりも抜群だな……）

内側の肉ひだの層を攪拌《かくはん》するように、泰之は左手の中指を使った。中で鉤状《かぎじょう》に折り曲げて抜き差しすると、くちゃくちゃと卑猥な肉ずれ音がたち、泰之の手のひらに水たまりができるほど、発情のエキスがあふれてきた。

（ここはひとつ、念入りに可愛がってやらないと……）

粘っこい音をたてながら指を動かしつつ、泰之は自分の中に、意地悪な気分が芽生えはじめたのを感じた。

いつもならそんなことを考えなかった。

前戯は挿入をスムーズにするためのものであり、適度に濡れればいきり勃った男根で女体を貫く。

だが、若菜には借りがあった。人妻らしい練達《れんたつ》なフェラによって、いい歳をして暴発させられてしまった。気持ちよくしてもらったのも事実だが、男のプライドを粉々に打ち砕かれた。

これが彼女のご機嫌をとるためのセックスであることは重々承知しているが、借りたものは返さなければならない。挿入前に一度イカせてやらなくては気がすまない。

「ああっ、ダメッ！　ダメですっ！」

若菜が切羽つまった声をあげる。

「そんなにしたらイッちゃうっ……イッ、イッちゃうっ……」

アヌスを舐めまわしている泰之は、言葉を返さなかった。

こちらも手応えを感じていた。アヌスは淫らな収縮を繰り返しているし、左手の中指を入れている肉穴も締まりを増し、右手でいじっているクリトリスも鋭く尖ってきている。あふれた蜜はポタポタと絨毯にしたたる勢いだ。

トドメを刺してやるとばかりに、肉穴に人差し指を追加した。

揃えた二本指を鉤状に折り曲げ、中の肉ひだを攪拌する。Ｇスポットをぐりぐりと押しては、右手でクリトリスをいじりまわす。

「はぁあっ、ダメッ……ダメようっ……イッちゃうっ……そんなにしたらイクッ……イクイクイクイクーッ！」

ビクンッ、ビクンッ、と若菜は腰を跳ねさせた。絶頂に達したらしい。ミッションコンプリートである。

5

クンニで若菜をイカせたものの、泰之は満足感に浸ることなく立ちあがった。二本指を締めつけている肉穴の感触がいやらしすぎて、辛抱たまらなくなってしまった。

二本指を抜き去ると、それと差し替えに勃起しきったペニスで貫いた。

「はっ、はぁうううーっ！」

立ちバックでペニスを受けとめた若菜は、鏡に映っている。後ろにいる泰之からは全身を眺められるし、表情の変化もつぶさに追える。

奥までずんっと突きあげた瞬間、若菜は大きな眼を見開いた。すぐに眼を細め、双頬を生々しいピンク色に染めていく。

(可愛いよがり顔じゃないかよ……)

望みのものを与えてもらったというのに、恥ずかしそうにしているところがまた、たまらない。

泰之は腰を動かしはじめた。まずはゆっくりとグラインドさせ、それから、小さな丸尻をパンパンッ、パンパンッ、と打ち鳴らす。

自分でも意外なほど軽快に腰を使えた。先ほど一度射精していることも、勃起力に不安があることも、すべて吹き飛んでいく。

(いいじゃないか、いいじゃないか……)

思っていたより、立ちバックは難しくなかった。女を四つん這いにしたバックよりも、むしろ自由に腰を動かすことができると思ったくらいだった。

それに、指でイッたばかりの若菜の肉穴は抜群の締まりを発揮し、吸着力がすごかった。フルピッチで怒濤の連打を放っても、まだ奥へ奥へと引きずりこまれる気がする。ヌメヌメした肉ひだが、いやらしいほどからみついてくる。

「ああっ、いやっ！　あああっ、いやあああっ……」

若菜はもう、自分で自分を制御できないほど感じているようだった。

鏡に映った顔はくしゃくしゃに歪《ゆが》み、顔から耳、胸元まで卑猥なほど紅潮させて、汗で濡れ光らせている。たったいまイッたばかりなのに、次のオルガスムスを貪欲《どんよく》に求めている。

もしかすると……。

立ちバックがこんなにも気持ちがいいのは、彼女の受け方がうまいせいなのかもしれなかった。乱れに乱れているように見えて、膝を使って性器と性器の角度を合わせてくれる。さらに尻を突きだして、結合感を深める。彼女の腰はもう、直角に近いほど折れ曲がっている。

(可愛い顔して、さすが人妻だ……)

泰之は負けじと若菜の腰をがっちりとつかんだ。ガーターベルトを巻いているので、汗ばんだ手がすべることなく、しっかりとホールドできる。

熱狂の時が訪れた。パンパンッ、パンパンッ、と小さな丸尻を打ち鳴らして突きあげるたびに、若菜はひいひいと喉を絞ってよがり泣く。

「イッ、イッちゃうっ……またイッちゃいそうっ……」

若菜が鏡越しに視線を合わせてきた。いまにも泣きだしそうな顔をしている。

泰之は内心でほくそ笑んだ。立ちバックで人妻をイカせるなんて、いままで考えたこともないシチュエーションである。

突けば突くほどエネルギーがこみあげてくるようだった。精力への不安など吹き飛ばすくらい、興奮しきっている自分がいる。

もちろん、若菜がいやらしいからだ。オナニーでイキ、クンニでイキ、そしてまた、立ちバックでも絶頂をむさぼろうとしている。

容姿はアイドルのように可愛くても、さすが人妻。ドスケベというかド淫乱というか、その貪欲さは感動的ですらある。

「ああんっ、キスして……」

若菜は絶頂寸前の自分を焦らすように、振り返って唇を差しだしてきた。

舌を差しだし、からめあえば、欲情が生々しく伝わってきた。この小柄な体のいったいどこに、これほどの性的エネルギーが埋蔵されているのかと感心しながら、唾液を啜《すす》りあう。後ろから肉まんサイズの双乳をすくいあげ、ねちっこく揉みしだく。

「あううっ……」

薄ピンクの乳首をつまみあげると、若菜は両脚をガクガクと震わせた。ぎりぎりまで細めた眼で、祈るようにこちらを見てくる。もう立っていられないと、彼女の顔には書いてある。

だが、泰之は知っていた。快感で立っていられない状態になるのが気持ちいいのだと、若菜は先ほど断言していた。それゆえ、オナニーも立ったままするのが彼女の流儀なのだ。

（くらくらする感じが、たまらないんだろうな……）

ペニスを締めつけてくる肉穴の圧力に舌を巻きながら、泰之はキスをといた。両手を胸から腰に戻し、怒濤の連打を再開した。

「はぁうううーっ！　はぁううううーっ！」

パンパンッ、パンパンッ、と尻を鳴らして突きあげる。若菜は小柄だから、女体を貫いているという実感がひときわ強い。あえぎ声が獣じみていく。泰之は息をとめて渾身《こんしん》のストロークを送りこんでいく。

「ダッ、ダメッ……ダメダメダメッ……もっ、もうイクッ……イッちゃいますううーっ！」

ビクンッ、ビクンッ、と腰を跳ねさせて、若菜はオルガスムスに駆けあがっていった。紫色のガーターベルトを巻いた腰をしきりにくねらせて、肉の悦びを嚙みしめた。

「あああっ……」

イキきると脚に力が入らなくなったようで、ガクンッと膝が折れた。絨毯に崩れ落ちてしまい、必然的に結合がとけた。

（まったく、いやらしい人妻だ……）

泰之は仁王立ちで彼女を見下ろした。まるで王様になったような気分だった。若菜のご機嫌をとるための立ちバックだが、始まってしまえば男がイニシアチブを握るのがセックスというものである。しかも、絶頂にまで導いたから、征服感がすごい。

「自分ばっかりイキまくってずるいじゃないか」

苦笑しながら声をかけると、若菜は上体を起こし、自分の匂いをまとったペニスを口唇に咥えこんだ。

「むうう……」

泰之は若菜の頭を両手でつかんで腰を反らせた。このいやらしい人妻は、あくまでもイニシアチブをこちらに渡さないつもりなのだろうか？　それともただ単に、ドエロのド淫乱なだけなのか？

6

「あっちに行こう」

ひとしきり仁王立ちフェラを堪能《たんのう》すると、若菜の腕を取って立ちあがらせた。ベッドに行く前に、太腿にからみついているパンティを脱がしてやった。彼女はセックスのとき全裸になりたくないようだから、ブラジャーとガーターベルト、そしてセパレート式のストッキングはそのままにした。

ベッドに移動した。泰之にはまだ余裕があったし、若菜もまた、あと何度でもイケるという顔をしている。

清潔な白いシーツの上に体を横たえ、口づけを交わした。イカせたばかりの人妻と、イチャイチャするのも悪くなかった。ましてや若菜は、アイドルのような童顔の持ち主。イチャイチャしていると甘酸っぱい気分になってくる。

次の体位は正常位にしようと、泰之は決めていた。

立ちバックは若菜のリクエストだったので、今度はこちらが楽しむ番だ。

「ぅんっ……ぅんっ……」

キスを続けながら上体を起こし、若菜の両脚の間に腰をすべりこませていく。

「すごいよかった……」

若菜がトロンとした眼を向けてくる。両脚をひろげて男を迎え入れようとしているのに、びっくりするほど可愛い顔をする。

「わたし、あんなに思いっきりイッたの、久しぶりかも……」

「まだ途中じゃないか」

泰之は勃起しきったイチモツをつかみ、切っ先を濡れた花園にあてがった。

「ちょうだい……」

若菜が息をとめて見つめてくる。こんなに可愛いのに、欲情ばかりが伝わってくるのがたまらない。大きな黒い瞳はますます潤んでいくばかりだ。

泰之は腰を前に送りだした。ずぶりっと亀頭を埋めこむと、若菜は眉根を寄せて眼を細めたが、こちらを見つめてくるのをやめなかった。

「あうううーっ！」

根元まで埋めこむと、若菜はとめていた息を一気に吐きだした。

その口に、泰之はキスをする。舌と舌とを熱っぽくからめあいながら、腰を動かしはじめる。

初めはゆっくりと動いた。浅瀬を三回ほど突いては、一度深く入れることを繰り返した。三浅一深《さんせんいっしん》——女殺しのリズムである。

妻を抱くときのやり方だった。それが人妻にも通用するかどうか、試してみたくなったのである。

「ぅんんっ……くぅううぅっ……」

若菜はくぐもった声をもらし、もどかしげに身をよじっている。もっと激しい連打が欲しいと言わんばかりだ。

(普通そうだよな……)

泰之にしても、妻が焦れることを期待してやさしいピストン運動から始めるのだが、妻はいっこうに焦れてくれない。

おかげで、こちらとしてもギアをあげるタイミングがつかめず、いつだって不完全燃焼の射精に終わる。

その点、若菜の反応は理想的で、

「ねっ、ねえっ……意地悪しないで……激しいのちょうだいっ……奥まで突いて、いいところにあてて……」

甘えた声でねだりながら、男の乳首をいじってきた。そのうち下から腰まで使いはじめた。

妻の反応がこれくらい貪欲なら……。

夫婦の閨房だってもっと盛りあがっていたに違いない。結婚したからには、泰之は妻のことが好きなのだ。愛する女とセックスで盛りあがれないのは、本当につらいものがある。

「ねえ、きてっ……きてえええっ……」

若菜の甘い声に釣られるように、泰之の腰の動きは速くなっていった。まずは一打一打に力をこめて、ずんっ、ずんっ、といちばん奥を突きあげる。

「ああっ、いいっ！　あたってる……いいところにあたってる……」

若菜がしがみついてくる。体と体がぴったりと密着していく。淫らな汗でヌメッた素肌をこすりあわせながら、熱烈に腰を振りあう。

本当に床上手な女だと、舌を巻かずにいられない。

若菜は男の突きあげを受けとめるのがうまい。縦に動くこちらに対して、腰を横に動かして摩擦感を強めてくる。

（たまらんっ……たまらないよっ……）

泰之は夢中で腰を動かした。

三浅一深をキープしていたはずの腰の動きが、いつの間にか制御不能になっていた。気がつけば、怒濤の連打で若菜を突きあげていた。

「ああっ、いいいーっ！」

腕の中で、若菜の体が反り返る。小柄ながら、反り返り方がいやらしすぎる。

泰之はピストン運動に没頭した。むさぼるように腰を動かし、若菜のいちばん深いところを突きあげた。

さらに腰をグラインドさせれば、硬く勃起したペニスに攪拌された肉ひだが、ざわめきながら吸いついてくる。

性器と性器が限界まで密着して、快楽によって熱く溶けあっていくようだ。

（妻ともこんなふうにセックスできたら……）

獣のように若菜を求めつつも、泰之はふと思ってしまった。

エッチな漫画を読んだり、隠れてこっそりオナニーをしたり、妻にだって性欲はあるはずなのだ。

なのになぜ、燃え盛るようなセックスができないのだろう？　若菜のように、ベッドで大胆に振る舞えないのか？

もしかすると……。

ベッドで遠慮しているのは、自分のほうかもしれないと思った。

今日、若菜を抱いてみてわかった。

妻が相手では、こんなふうに欲望剝きだしで挑みかかれない。どこか身構えている自分がいる。スケベな男だと軽蔑されたくないという見栄のようなものが、心の片隅に潜んでいる。

そんなことでは、妻だって心まで裸になれないのではないだろうか？

自分たちは似た者同士の夫婦なのかもしれない。

「ああっ、いいっ！　もっとっ！　もっとちょうだいっ！」

腕の中でよがっている若菜は、浮気をものともしない不貞な妻かもしれないが、自分の欲望に正直だった。いっそ清々《すがすが》しいほどまっすぐに、自分の性欲を肯定している。

見習うべきだった。外で羽を伸ばすのではなく、妻に対してこんなふうに素直になりたい。

（考えてみれば、うちのやつも他人から見れば人妻なんだよな……）

つまり、若菜と同じように、途轍もなく巨大な欲望を内に秘めているかもしれないのである。

それを満たしてやらなくては、夫として、いや、男として失格だ。いまはお互いに遠慮しあっているけれど、こちらが先に殻を破って欲望を剝きだしにして挑みかかっていけば、妻のほうにも変化が期待できるのではあるまいか。

「ねっ、ねえ……」

若菜が濡れた瞳で見つめてきた。

「わたし……またイッちゃいそう……」

泰之はうなずいた。

妻のことはとりあえず置いておき、大事な気づきを与えてくれた人妻を、まずは天国に送ってやろう。

泰之は上体を起こし、若菜の両脚をM字にひろげた。彼女はパイパンだから、結合部がよく見える。クリトリスの位置を特定するのも簡単だ。

「はっ、はぁうぅーっ！」

ピストン運動を続けながら敏感な肉芽を指でいじりまわしてやると、若菜はのけぞってガクガクと腰を震わせた。

「イッ、イッちゃうっ……そんなことしたらっ……すっ、すぐイッちゃううううーっ！」

長く尾を引く悲鳴をあげて、若菜は女に生まれてきた悦びを嚙みしめた。

第三章　童貞礼賛《らいさん》

1

　こんな夢みたいなことが現実にあってもいいのだろうか？

　和樹《かずき》はベッドに腰かけて呆然《ぼうぜん》としていた。

　風呂上がりの裸身の腰に、バスタオルを巻いただけの格好だった。ベッドはダブルよりさらに大きい巨大な円形。壁や天井は鏡張りで、大人のオモチャの自動販売機がチカチカと点滅している。

　ここは古いラブホテルの一室だった。

　建物の一階に『人妻相談室』という手書きの貼り紙があり、身の下相談大歓迎と書かれていたので入ってみた。誰にも言えない下半身関係の悩みがあったからである。

　和樹は二十一歳。

二浪の末、半年前にようやく希望の大学に入学することができた。

いちおう一流私大に名を連ねているところなので勇んで田舎から出てきたものの、同級生は年下ばかりだし、年下の後輩に敬語を使わなければならないと思うとサークルに入る気にもなれなくて、半年経っても友達ひとりできない。

和樹は童貞だった。

友達も欲しいが、大学に入学したあかつきには、なにをおいてもまずセックスをしてみたかった。

浪人生活を送っていたおかげで、やらずの二十歳《はたち》、通称ヤラハタになってしまい、地元の友達には馬鹿にされつづけている。彼らを見返すためには、東京で垢抜けた恋人をつくり、毎日のようにセックスしているラブラブの関係になって、羨ましがらせてやるしかなかった。

しかし、この調子では、童貞喪失なんて夢のまた夢、長い浪人生活が性格を屈折させてしまったのか、もともと自意識過剰なのか、自宅アパートを出て大学に行き、帰宅するまでの間、ひと言も口をきかない日だって珍しくない。なんなら、そんな日が一週間以上も続く。

「なるほどね……」

和樹の話を聞いた麻衣《まい》は、うんうんとうなずいた。彼女は『人妻相談室』の相談員である。

年は三十代半ばだろうか。美人なことも美人だが、威圧感のある美人だった。整った顔立ちを飾っている長い髪は、美容院に行ったばかりのように完璧にセットされているし、ヴァイオレットブルーのスーツもやたらと高そうだ。耳にも首にも手首にも金銀のアクセサリーがキラキラと輝き、富裕層アピールがすごい。これがテレビで見たことのあるシロガネーゼというやつだろうか。彼女が白金《しろかね》に住んでいるのかどうか知らないし、そもそも白金なんてどこにあるのかわからないが……。

「とにかくね、何事もトライ&エラーが大事なのよ。友達が欲しかったら自分から積極的に話しかける。彼女が欲しければ自分から告白する」

「それはわかってるんですが……」

「わかってるならやりなさいよ。失敗だって経験なんだから。経験を積み重ねていった先に、宝物っていうのは手に入るの」

「はあ……」

見た目がゴージャスなわりには、言っていることは普通だなと思った。

「セックスだってそう。最初は選り好《え》みしないで、とにかくチャレンジしてみる。よかったら、初体験の相手、わたしがしてあげるけど」

「……はっ？」

驚愕のあまり、和樹は麻衣を二度見してしまった。

「なによう。わたしが相手じゃ不満なの？」

麻衣は立ちあがり、ふたりの間にあるテーブルの向こうから、こちらにやってきた。腰に手をあてて仁王立ちになった。顔が美形なだけではなく、いやらしいほどスタイル抜群だった。グラビアモデルの理想とされる「ボンッ、キュッ、ボンッ」のプロポーションだ。メリハリがありすぎて、服を着ているのにヌードが想像できそうである。

（……あっ！）

バスルームのほうから物音がした。麻衣が出てきたらしい。部屋に戻ってきた彼女は、白くてふわふわしたバスローブに身を包んでいた。

和樹は緊張しつつも、内心で首をかしげた。そんなバスローブ、ここには常備されてなかったはずだ。ホテルのバスローブがあまりにもダサかったので、和樹は腰にバスタオルを巻いているのである。

「ああ、これ？」

麻衣がバスローブの襟をつまみ、悪戯っぽく笑う。

「ラブホテルのバスローブって、ぺらっぺらでお肌に悪そうでしょ？　だからわたし、いつラブホに入ってもいいように、日ごろから自前のバスローブを持ち歩いているの」

意識が高いのか、単なるスケベなのか、理解に苦しむ発言だった。だいたい彼女は人妻ではないのか？　いくらラブホテルと同じビルにある『人妻相談室』の相談員だからといって、そんなに頻繁にラブホを利用しているのだろうか？

（まさか……）

これは罠なのではないかと思ってしまった。下の相談室は無料を謳っていたが、セックスまでしてしまうと、高額な料金が発生するとか……あるいは終わった途端に怖いおにいさんが登場する地獄の展開……。

戦慄《せんりつ》を覚えずにはいられなかったが、次の瞬間、どうでもよくなった。

麻衣がソファに腰をおろして、長い美脚にボディクリームを塗りはじめたからである。

セクシーだった。無駄毛なんて間違ってもないような脚が、つやつやと輝いている。透明感すらある素肌の白さも素敵なら、バスローブの前が少しはだけて、ブラジャーがチラリと見えていた。童貞には眼の毒としか言い様がなく、和樹はさっと眼をそむけた。

ブラジャーの色は紺だった。色は地味でも、生地に高級感があるし、キラキラした銀の刺繍《ししゅう》がちりばめられ、大人の女の匂いがする。

（こっ、こんな人とセックスできるなら……）

身ぐるみ剝《は》がれてもかまわないと思った。なにしろ一生に一度の思い出づくりなのである。筆おろしをお願いする相手として、彼女ほど相応《ふさわ》しい相手は滅多にいないだろう。

罠に対する不安が消えたわけではなかったが、麻衣には体を売っている女の匂いがしなかった。

和樹は過去に一度だけ、ソープランドに行ったことがある。高校を卒業した記念に童貞も卒業しようと、その日のために貯めこんでいた小遣いを握りしめて足を運んだのだが、出てきた女があまりにも理想からかけ離れていたので、服も脱がずに帰ってきた。

極端なブスではなかったが、崩れているというか、疲れているというか、ひどく不潔な雰囲気がして、とてもセックスする気にはなれなかった。

その点、麻衣からは清潔感しか漂ってこない。言動にはいささかあやしい部分があるものの、雰囲気は高級マダムそのものだ。

(おおおっ……)

麻衣が太腿にボディクリームを塗りはじめた。当然のようにバスローブの裾がめくれ、パンティが見えた。

それもまた、紺地に銀の刺繍が入っていた。地味な色なのにたまらなくエレガントなのは、着けている女のせいだろう。彼女が着ければ、たとえ千円の下着でも十万に見えそうだった。顔面偏差値もスタイル偏差値も、七十をゆうに超えている。輝くような白い素肌に至っては、数値化できないほど艶めかしい。

「ふふっ……」

麻衣が意味ありげに笑いながらこちらを見た。

「視線、感じちゃうな」

「すっ、すいません……」

和樹は下を向いた。顔が熱くてしかたなかった。

「いいのよ。女はね、見られると恥ずかしがるけど、本当は嬉しいの。興奮しちやう、って言ってもいいかな。だって男に見せるために、女は体をピカピカに磨きあげてるんだもの」

世の中には、すっぴんの女を好む男もいる。若い男に多いらしい。かくいう和樹もそうだった。なるべくナチュラルなままのほうがいいと思っていたが、間違っていた。女はピカピカに磨きあげられてこそ男を虜《とりこ》にするものなのだ。

「塗ってみる？」

麻衣がボディクリームの丸い容器を、こちらに差しだしてきた。

和樹は苦笑まじりに首を横に振り、

「いやいや、僕は男だからいいですよ。そういうのは……」

「じゃなくて、わたしの脚に塗ってみる？」

「えっ……」

息がとまった。

「右脚はもう塗っちゃったけど、左脚はまだだから……塗ってくれたら嬉しいな」

「ぜっ、ぜひご協力させてください」

ベッドに座っていた和樹は、立ちあがってふらふらと麻衣に近づいていった。

彼女はソファに座っている。その足元にしゃがんだ。ひざまずいた、と言ったほうが正確かもしれない。

女を見上げる体勢になったが、全然嫌じゃなかった。目の前には、バスローブから伸びている二本の長い美脚。すでにボディクリームが塗られた右脚は艶めかしい光沢を放っているが、左脚は湯上がりの素肌だ。

（すっ、すごいな……）

むんむんと漂ってくる色気の圧力に、後退《あとずさ》ってしまいそうになる。二本の長い美脚を見ているだけで、鼓動が速くなっていく一方だ。

世のおっさん連中は、若い女ばかりをありがたがっているけれど、若さとはそれほどありがたいものなのか？

和樹が通っている大学のキャンパスにも、二十歳前後の若い女がたくさんいるが、麻衣のほうがずっと魅力的と言っていい。男の本能をダイレクトに揺さぶってくるなにかがある。

もちろん、女子大生にだって、可愛い女もいれば、綺麗な女もいるけれど、色気なんてない。セクシーという言葉を使いたくなったことがない。

「ほらー、早く塗って」

麻衣は茶目っ気たっぷりに両脚をバタバタさせると、左足を和樹の膝の上にのせた。ペディキュアが真っ赤に輝いている。

「しっ、失礼します……」

和樹は容器を開け、ボディクリームを指ですくいとった。ほのかにいい香りがするそれを手のひらの上でのばし、まずはふくらはぎから塗っていく。

（おおおっ……）

柔らかな肉の感触、すべすべの手触り、そこにクリームを塗っていくなんとも言えない感触に、和樹は昇天しそうになった。なにしろ、異性の肌に触れたのなんて、これが初めてなのである。

「いっ、意外にべたつかないものなんですね、ボディクリームって……」

興奮していることを誤魔化すように早口で言うと、

「ふふんっ」

麻衣は楽しげに笑い、

「塗るっていうか、磨くつもりでやってちょうだいね。ほら、宝石だって柔らかい布でピカピカに磨きあげるでしょう？　あんな感じ」

「はっ、はい……」

「わたしの脚、しっかり磨きあげてくれたら、いいことしてあげるから……」

空いている右足が、股間に伸びてくる。

和樹はシャワーを浴びたあと、どうせすぐ裸になるのだろうと思い、腰にバスタオルを巻いただけの格好だった。その股間を、爪先でコチョコチョとくすぐられた。

「ぐっ……むっ……」

息ができなくなった。

「やーだー、もうこんなに硬くなってるの？」

和樹は痛いくらいに勃起していた。勃起していないわけがなかった。

「まだキスもしていないのに、こんなに硬くしてるなんて……ふふっ、さすが童貞ね」

麻衣が卑猥な笑みをもらす。バスタオルに隠されている勃起しきったペニスを、ペディキュアが真っ赤に輝く爪先で、コチョコチョ、コチョコチョ、とくすぐってくる。

「ぐぐっ……むむむっ」

和樹の顔は燃えるように熱くなり、額に汗まで噴きだしてきた。

清らかな童貞のペニスを足でもてあそぶなんてけしからん、とは微塵《みじん》も思わなかった。いやらしすぎる人妻に、もっともてあそんでほしかった。

「踏んであげましょうか？　足の裏でぎゅーっと」

麻衣が言った。和樹は口を開いた間抜けな顔で、何度もうなずいた。自分が犬だったら、ちぎれそうなくらい尻尾を振っているに違いないと思った。

（ふっ、踏まれたい……足の裏でぎゅーっとされたい……）

想像しただけで、口の中に生唾があふれた。自分はマゾではないと思うが、麻衣のようなエレガントな人妻にならば、なにをされてもかまわない。

しかし、麻衣は口の端に意地悪な笑みを浮かべると、股間ではなく、臍のあたりに爪先を伸ばしてきた。器用にもバスタオルを足指で挟んで、とめている部分をはずしてきた。

「あああっ……」

和樹は悲鳴にも似た声をあげた。腰に巻いたバスタオルがするりと落ちて、勃起しきったペニスが露わになってしまう。

顔から火が出そうだった。家族以外の異性に、性器を見られたことはない。勃起している状態では、家族にだって見られていない。

「ふふっ。なかなか立派なオチンチンじゃない」

麻衣の粘りつくような視線が、ペニスにからみついてくる。

和樹は股間を両手で隠したかったが、できなかった。泣きたくなるほど恥ずかしいと同時に、見られて激しく興奮していたからだ。

「これはいろいろ、期待しちゃうなあ……」

麻衣はにわかに瞳を潤ませると、爪先でペニスの裏側を、ちょん、ちょん、と突いてきた。

「おおおっ……おおおっ……」

和樹は恥ずかしいほど身をよじり、

(ぎゅーっとしてください。生身のチンポを、足の裏でぎゅーっと……)

すがるような上目遣いを向けたが、麻衣はまたもや、ペニスを踏んでくれなかった。ソファから立ちあがり、バスローブを脱いだ。

(うわあっ……)

和樹は呆然とした顔で麻衣を見上げた。

服を着ていてもはっきりわかったスタイルのよさは、下着姿になるとインパクト倍増だった。

ブラジャーのカップが驚くほど大きく、頭に被れそうだった。ヒップの張りつめ方もすごい。くびれた腰はまるで蜜蜂のようだし、なによりボディクリームで磨きあげられた両脚が、神々《こうごう》しいほどの光沢を放っている。

「ねえ、どっちから脱げばいいと思う？」

麻衣が和樹を見て、小首をかしげる。

「どっ、どっちって……」

和樹の視線は、ふたつの場所をせわしなく行き来していた。

頭に被れそうなくらい大きなブラジャー、そして股間にぴっちりと食いこんでいるパンティ——どちらも紺色の生地に銀の刺繍がちりばめられ、大人の色香が匂いたっている。

2

「しっ、下でお願いしますっ！」

和樹は叫ぶように言った。ブラジャーとパンティ、どちらを先に脱いでほしいかと麻衣に訊ねられたからだ。

普通に考えれば、ブラジャーが先だろう。麻衣の胸を隠しているカップは眼を見張るほど大きく、巨乳の匂いがぷんぷんと漂ってくる。

しかし、どちらかと問われたならパンティだ。和樹は麻衣の足元にしゃがみこんでいた。紺地に銀の刺繍が入ったエレガントなパンティが股間にぴっちりと食いこんでいる様子が、眼と鼻の先にあった。恥丘がやけにこんもりと盛りあがっていた。

見たかった。

童貞の和樹にとって、女のパンティの中は神秘中の神秘、お宝中のお宝なのである。

「こっちがいいのね？」

麻衣が両手の人差し指でパンティを差し、和樹はヘッドバンギングをするような勢いでうなずいた。

「じゃあ、脱がして」

瞼を半分落としたセクシーな表情でささやかれ、ごくりと生唾を呑みこむ。

和樹は麻衣の腰におずおずと両手を伸ばしていった。紺のパンティの両サイドを震える指でつまみあげ、そうっとおろしていく。

黒い草むらが見えた。ものすごく濃かった。はっきり言ってもじゃもじゃで、獣じみている。

高級マダムの雰囲気を漂わせている麻衣に似つかわしくないほどだったが、それが逆にいやらしかった。股間のイチモツをビクビクと跳ねさせながら、パンティを脚から抜いていく。

（エッ、エロすぎるだろ……）

草むらを隠す薄布をすっかり奪ってしまっても、麻衣は両手を腰にあてて仁王立ちになっている。股間を隠す素振《そぶ》りも見せない。

匂いが漂ってきた。いままでの人生で、嗅いだことがない匂いだった。

発情のフェロモンに違いなかった。麻衣は発情しているのだ。まだ愛撫もなにもしていないのに……。

麻衣が動いた。くるりと背中を向けると、モンローウォークのように豊満なヒップを左右に振りながら、ベッドにあがっていった。

（うっ、嘘だろ……）

いきなり四つん這いになったので、和樹は度肝を抜かれた。

こちらに向かって、尻が突きだされていた。彼女はたったいま、パンティを脱いだばかりなのである。

セピア色のすぼまりが見えていた。お尻の穴である。

その下では、アーモンドピンクの花びらが、行儀よく口を閉じていた。魅惑の縦一本筋ができている。男を惑わす秘密の器官が、隠しようもなく剝きだしになっている。

「どうしたの？」

麻衣が振り返り、肩越しにこちらを見た。せつなげに眉根を寄せ、瞳をねっとりと潤ませて……。

「キスしてくれなきゃでしょ。脱がした男の責任よ」

「はっ、はい……」

和樹は立ちあがり、夢遊病者のようにふらふらとベッドに近づいていった。

麻衣はキスを求めている、それも唇ではなく、女の花に……。

大胆きわまりない誘いに眩暈が起こり、現実感が奪われていく。

なぜ麻衣のような美しい人妻が、女の恥部という恥部をさらけだして、下の口にチュウをねだってくるのか——考えてもしかたがないことだった。

賽《さい》はもう投げられているのだ。もはやなにも考えず、運命に身を委《ゆだ》ねるしかない。そもそもこれは、和樹自身が望んでいたことなのだ。自分の夢が叶っているのに、尻込みするのは愚か者の所業である。

「失礼します」

股間のイチモツをきつく反り返しながら、ベッドにあがっていった。

四つん這いで突きだされている尻の双丘に向かって、和樹は両手を伸ばしていった。丸く盛りあがった隆起に左右の手のひらをぴったりと密着させると、イチモツの先端からじわっと我慢汁が噴きこぼれたのが、はっきりとわかった。

（女の人のお尻って……）

こんなにも丸いものなのかと驚嘆する。ただ丸いだけではなく、すべすべで、つるつるで、まるで剝き卵のようだった。

夢中になって撫でまわしてしまう。求められているのはクンニのはずなのに、そんなことさえ一瞬忘れて、尻の丸みの虜《とりこ》になる。

「んんんっ……」

麻衣がくぐもった声をもらした。四つん這いになっているので顔は見えない。だが、感じているような気がする。丸い双丘を撫でまわすほどに、腰をくねらせ、尻を振ってくる。

匂いが強まった。男の本能をダイレクトに刺激するフェロモンが、湿っぽい熱気とともに、むんむんと漂ってくる。

アーモンドピンクの花びらの奥から、その匂いは漂ってきているのだろう。まるで、早くキスしてと催促するように、刻一刻と匂いは強まっていく。よく見ればそこは、唇のように見えなくもない。

(キスだ……とにかくキスをしないと……)

和樹は覚悟を決め、尻の双丘をぐっと割りひろげた。唇と唇のチュウも経験していないのに、いきなり性器に口づけをするのもどうかと思ったが、この状況でためらっていては、女に恥をかかせることになる。

だが、ひろげた尻の双丘の中心に顔を近づけていくと、アヌスを無視できなかった。色素沈着の少ないセピア色のすぼまりだ。

とても排泄《はいせつ》器官とは思えない、可愛らしい姿をしていた。美人というのはこんなところまで綺麗なんだなと感動してしまった。

そこが性感帯ではないことくらい、童貞の二十一歳にもわかっていたが、チュッと音をたててキスしてしまう。

麻衣が四つん這いの体をビクッとさせ、長い髪をかきあげながら振り返った。

「やったわね……」

眉をひそめて睨まれたので、

「すっ、すいません」

和樹はすかさず謝った。

「こっちは、触っちゃいけないところだったんですね……」

「お尻の穴にキスをするって、どういう意味か知ってる？」

「いえ……」

和樹は気まずげに首をかしげた。

「あなたの奴隷になります、って宣言しているようなものなのよ」

「そっ、そうだったんですか……」

全身に鳥肌が立っていくのを感じた。麻衣のような美しい女の奴隷なら、なってもいっこうにかまわなかったが、振り返ってこちらを見ている麻衣の眼つきがいやらしすぎて、身震いがとまらなくなる。

「舌の付け根が痺れるまで、奉仕しなさい」

麻衣は奴隷に命令する女王様のように言い放つと、体勢を変えた。四つん這いだった体をあお向けにした。両脚を開いたまま……。

（うっ、うおおおーっ！）

唐突に披露されたM字開脚の中心に、女の花が咲いていた。アーモンドピンクの花びらが少しほつれ、つやつやと輝く薄桃色の粘膜がチラリと見えている。

これぞ、まがうことなき女の秘所――アヌスも可愛らしかったが、本丸のインパクトはさらに上だった。

和樹はクンニをするため、ベッドの上で腹這いになった。

大胆にM字開脚を披露した麻衣は、けれどもさすがに恥ずかしくなってきたらしく、眼の下を赤く染めて顔をそむけている。

（なっ、舐めていいんだよな……）

求められているのだからいいに決まっているが、なにしろ生まれて初めて対峙する女の秘所だから、怖じ気《おけ》づいてもしかたがない。

舐める前に、まずは指で触れてみた。人差し指を伸ばしていき、アーモンドピンクの花びらをちょんと押した。くにゃくにゃしたいやらしすぎる感触に息がとまった。

続いて、親指と人差し指で、輪ゴムをひろげるようにぐっとひろげてみる。薄桃色の粘膜が露わになる。つやつやと濡れ光りながら、薔薇《ばら》のつぼみのように渦《うず》を巻いている。ふうっと息を吹きかけると、呼吸をするように、ひくひくっ、ひくひくっ、と収縮した。

（ここに……チンポを入れるわけか……）

想像すると、口内に生唾があふれてきた。

しかし、大人の男になるには、まだほんのちょっとだけ早かった。セックスは、入れて出すだけのものではない。女を感じさせなければならない。麻衣のように美しい大人の女が、よがっているところを見てみたい。舌を差しだし、薄桃色の粘膜を舐めた。

「くぅうっ……」

麻衣はビクッとしたが、大きな声はあげなかった。ねろり、ねろり、と和樹は舌を動かした。薄桃色の粘膜は、貝肉のような舐め心地がした。

続いて、アーモンドピンクの花びらを口に含んでしゃぶってみる。こちらは鶏冠《とさか》のようだった。もちろん、鶏冠なんてしゃぶったことはないが、肉厚なのにくにゃくにゃしていて、たまらなくいやらしいしゃぶり心地だった。

「うんんっ……ぅんんんっ……」

麻衣はM字開脚に押さえこまれた体を、苦しげによじらせている。眉根を寄せた表情も苦しそうだったが、苦しいわけではないだろう。

舌のすべりが、急によくなってきた。肉穴の奥から新鮮な蜜がどっとあふれだしてきたからだった。

女が濡らしているのは感じている証拠――それくらいのことは、二十一歳の童貞だって知っていた。

もっと感じさせてやりたくて、花びらの合わせ目の上端に眼を凝らす。

(たしかこのあたりに……)

女の官能を司《つかさど》っているという、クリトリスがあるはずだった。敏感すぎるほど敏感で、そこを刺激されれば声をあげずにはいられないらしい。

「あううーっ!」

麻衣が甲高い声をあげた。いままでとは違う、いやらしすぎる声音《こわね》だった。

和樹は花びらの合わせ目の上端を舐めていたが、そこにクリトリスがあるという確信はもてなかった。

陰毛が生えているし、花びらがくにゃくにゃしすぎていて、形状がはっきりと認識できない。

しかし、勘を働かせて執拗に舌を動かしていると、麻衣は激しく身をよじった。甲高い声を撒き散らしては、ハアハアと息をはずませた。

（ここでいいのか？）

麻衣の反応がいい部分を指で探った。陰毛を掻き分け、くにゃくにゃした柔肉を引っぱったり、伸ばしたりしていると、ツンと尖った肉芽が見つかった。

（こんなに小さいものなのか……）

クリトリスの存在感のなさに、和樹はがっかりした。

女の体の中でもっとも敏感な性感帯——しかも、男のペニスには放尿という用途もあるけれど、クリトリスはセックス専用の器官らしいから、もっと大きな、真珠くらいのものを想像していたのに、米粒くらいしかないではないか。

とはいえ、包皮を剝いた状態のそれは、鋭く尖りながら珊瑚色《さんごいろ》に輝いて、物欲しげにプルプルと震えている。敏感そうな雰囲気だけは、ひしひしと伝わってくる。チロッ、と舐めてみると、

「はっ、はぁあああああーっ！」

麻衣はびっくりするほど大きな声をあげ、ビクビクとベッドの上でのたうちまわった。

セクシー女優にも負けない、すごい反応だった。調子に乗った和樹は、チロチ

ロ、チロチロ、と舌先でクリトリスを転がした。
麻衣の反応は激しくなっていくばかりで、まだブラジャーに隠されている推定巨乳を揺すりたて、宙に浮いた足指をぎゅっと内側に丸めこんだ。

（すっ、すごいっ……すごいぞっ……）

童貞の分際《ぶんざい》で、三十代半ばの人妻を乱れさせている状況に、和樹は脳味噌が沸騰しそうなほど興奮した。チロチロ、チロチロ、と舌先を躍らせながら、腰を動かした。

本能的にそうしていた。和樹は腹這いになっているので、勃起しきったペニスがベッドに押しつけられているのだ。

腰を動かすと、ペニスに気が遠くなりそうな快感が訪れ、ぐいぐいとベッドに押しつけるのをやめられなくなった。

「ああっ、いいっ！　いいわよ。もっとして。クリを吸って……」

望み通りに、敏感な肉芽をチューチューと吸ってやると、麻衣は長い髪を振り乱してよがりによがった。

M字開脚の中心から漂ってくる女の匂いがにわかに強くなった。あふれた蜜がアヌスのすぼまりに流れこみ、シーツにシミまでつくっている。

（たまらないよ、これは……）

麻衣が身をよじる動きに合わせてペニスをベッドに押しつければ、まだ結合もしていないのに、セックスをしているような気分になってくる。

和樹は右手の人差し指を肉穴に入れた。中は煮込みすぎたシチューのようにトロトロになっていて、掻き混ぜながらクリトリスを舐めると、麻衣は背中を弓なりに反らせ、ガクガクと腰を震わせた。

（もっ、もしかして、このままイカせることができるんじゃないか……）

そんな想念さえ脳裏をよぎったほどだったが、いささか調子に乗りすぎていたらしい。

「おっ、おおおっ……」

不意にクンニを続けていることができなくなった。衝動が下半身に襲いかかってきたからだった。

ペニスをベッドに押しつけすぎたせいだった。このままでは暴発してしまうと思っても、本能に突き動かされている腰は、急にはとまってくれなかった。

「おおおおっ……うおおおおおーっ！」

雄叫びじみた声をあげた次の瞬間、悲劇が訪れた。ドクンッという衝撃とともに、ペニスの芯が熱く燃えあがった。続いて、生温かい感触が、じわっとひろがっていった。ザーメンだった。暴発してしまったのである。

3

「どうもすみません」

和樹はベッドの上で正座して、深く頭をさげた。まさかクンニをしながら射精してしまうなんて、自分でもショックを受けずにいられなかった。

「いいわよ」

麻衣はしらけた横顔で答えた。

「若いんだから、どうせすぐ復活するでしょ?」

「ええ、それは大丈夫だと思いますが……」

実際、射精直後でも、ペニスは萎えていなかった。フル勃起とまでは言えないが、八〇パーセントくらいの硬さを保っている。

目の前に裸の人妻がいるのだから、それも当然だろう。麻衣の体に残っているのは、もはや紺に銀の刺繍が入ったブラジャーだけだ。人としてのマナーがあるので、じろじろ見ることはできなかったが、ふっさりと茂った濃いめの陰毛も隠されていない。

「ひとつ、質問していいかしら？」

麻衣が声音をあらためて訊ねてきたので、

「なっ、なんでしょう？」

和樹は身構えた。

「あなたの夢を聞かせて。童貞を捨てるときは、ぜひともこういうことがしてみたいとか、そういう夢とかあるわよね？」

「夢というか、妄想ですね」

「そうそう」

「ありますよ、そりゃ」

「言ってみなさいよ」

「ヌルヌルです」

「はっ？」

「ローションでお互いヌルヌルになって、戯《たわむ》れてみたいというか……」

ふーっ、と麻衣は息を吐きだした。

「それはあなた、ソープランドですることよ。ヌルヌルしたいなら、アルバイトでお金貯めて、吉原《よしわら》でも川崎《かわさき》でも行けばいいでしょ」

呆れた顔で言われたが、

「プロが相手じゃダメなんです」

和樹は断固とした口調で答えた。

「僕、田舎で一度ソープに行ったことがあるんですけど、相手の人の雰囲気が嫌で、服も脱がずに帰ってきました」

「……なるほど」

「ただまあ、ヌルヌルはいつかしてみればいいっていうか、いまはとにかく童貞を捨てることが先決だと思いまして……」

「わたしならいいの？」

麻衣がブラジャーをはずした。類い稀な巨乳の全貌が、ついに露わになった。

想像以上に立体感があり、前に迫《せ》りだしているフォルムに息を呑む。

「そっ、そりゃもう……」

和樹はペニスを握りしめて言った。あっという間にフル勃起、一〇〇パーセントの硬さに復活した。

「麻衣さんみたいに綺麗な人に童貞を捧げられるなら、これ以上光栄なことはありません」

「そうじゃなくて」

麻衣は首を横に振った。

「ヌルヌルの相手」

「してくれるんですか？」

和樹は身を乗りだした。

「こうして裸で向きあってるのも、なにかの縁でしょう。それがあなたの夢なら、叶えてあげるのもやぶさかじゃないかな」

麻衣は意味ありげに笑った。

「それに……いくら若くたって、出したばかりでまたするのに、刺激的なことしないとギンギンにならないでしょ」

そんなことはないと思ったが、和樹は黙っていた。要するにギンギンにしたいわけですね？　とは口が裂けても言えない。麻衣がせっかくローションプレイに乗り気になっているのに、水を差すことはない。

「このラブホ、バスローブはぺらっぺらだけど、バスルームがとっても広くて、マットも置いてあるの。ローションはそこの自動販売機で売ってるしね。挑戦してみる？　夢のヌルヌルプレイで童貞喪失」

和樹はごくりと生唾を呑みこんでから、しっかりとうなずいた。ペニスが限界を超えて硬くなり、釣りあげられたばかりの魚のようにビクビクと跳ねていた。

麻衣の言葉は嘘ではなかった。

バスルームに行くと、イカダのような巨大なマットが壁に立てかけられていた。田舎のソープで見たのと変わらないサイズである。

しかも、スケベ椅子まで完備されていた。座るところが凹形《おうがた》にへこみ、股間まわりを洗うのが容易なデザインになっている。

（すごいな。このラブホの利用者は、みんなこんなもの使ってるのか？）

都会というのは恐ろしいと思った。これを使って、ソープランドのようなプレイをしているのだろうか？　いや、女をスケベ椅子に座らせた逆ソーププレイだって……麻衣をスケベ椅子に座らせ、股間を洗ってやるところを想像すると、いても立ってもいられなくなるくらい興奮してしまったが、

「座って」

麻衣にうながされ、まずは和樹がスケベ椅子に腰をおろした。

チャポチャポチャポチャポ、という粘っこい音が聞こえてきた。麻衣がローションを

お湯でといているのだ。風呂桶の中で両手をくるくる回転させている彼女は、すでに一糸まとわぬ丸裸だった。想像以上にたわわに実った双乳をチラリと見ると、興奮のあまり眩暈を覚えた。

「はっきり言いますけどね……」

チャポチャポチャポとローションを掻き混ぜながら、麻衣が言う。粘っこい音が、だんだん卑猥に聞こえてくる。

「わたし、ソープ嬢を真似したことなんかないから、あんまり期待しないでよ」

「そっ、そこがいいんじゃないですか」

和樹はすかさず答えた。

「たとえ下手でも、清潔感のある美しい女性にしてもらうヌルヌルは、ソープに行くより何十倍も気持ちいいと思います」

「へええ、あんがい口がうまいのね」

麻衣は口許に薄い笑みを浮かべると、

「ほら、脚開いて」

「はっ、はい……」

和樹はうながされるままに両脚を大きく開いた。スケベ椅子に座った正面には、鏡があった。フル勃起で両脚をひろげている自分の姿を見るのは、さすがに恥ずかしかった。反り返った肉の棒が、鏡に裏側を全部見せている。

麻衣は後ろに立っていた。お湯に溶かしたローションを手のひらにすくい、和樹の肩にかけてくる。

（おおおっ……）

もう少しで声を出してしまうところだった。ローションは思ったよりも熱く、想像をはるかに超えていやらしい感触がした。

肩にかけられたそれが、背中や胸にタラタラと垂れていく感触が卑猥だった。それだけで、完全に愛撫の一環だった。

充分にローションが垂らされ、上半身が熱気のある光沢に包まれると、麻衣が後ろから両手を伸ばしてきた。コチョコチョコチョ、と乳首をいじられた。

「おおおっ……」

和樹は声をこらえきれなかった。男の乳首なんて性感帯ではないと思っていたのに、眼もくらむほど気持ちよかった。

麻衣はただ指の腹で刺激するだけではなく、爪を使ってくすぐってきた。硬い爪の感触とローションのヌルヌルした感触が相俟《あいま》って、エロティックとしか言い様がない刺激となる。時折、乳首を強くつままれるが、ローションまみれなので、ヌルンと指の間から抜けていく。

（きっ、気持ちよすぎるだろ……）

あまりの快感に、和樹の全身は小刻みに震えだした。

先ほど、ローションプレイを始めるにあたり、バスルームでスケベ椅子を見つけた麻衣は、

「せっかくだからマットの前にこっちでもやってみましょうよ」

と提案してきた。和樹にしてもスケベ椅子に興味があったので了解したが、本命はあくまでマット上でのヌルヌルだ。スケベ椅子など露払いくらいの気持ちで臨んだのだが、とんでもない間違いだった。

後ろから両手を伸ばし、和樹の乳首を愛撫してきた麻衣は、やがて背中に乳房を押しつけてきた。着衣の上からでもはっきりと巨乳とわかったふたつの胸のふくらみが、ぎゅっと潰れているのがわかる。乳首が尖っている硬い感触まで背中に伝わってくる。

しかも、和樹の背中はすでにローションまみれだった。麻衣が体を動かすと、背中で巨乳がヌルヌルとすべった。

「んんっ……」

麻衣が鼻にかかったセクシーな声をもらす。

「ローションなんて初めて使ったけど、あんがい気持ちいいのね。エステのオイルより、ずっとエッチな感触がする」

体を上下左右に動かしては、ヌルッ、ヌルッ、と巨乳を背中ですべらせる。ローションは次々かけられているので、すべりがよくなっても悪くなることはない。

「わたしの乳首が硬くなってるのわかる？」

もちろんわかる、と和樹はうなずいた。鏡越しに、眼が合っている。麻衣の美しい顔が、どんどん欲情に蕩《とろ》けていく。

「乳首がね、硬くなって熱く疼いているの。ああっ、なんかもう乳首だけでイッちゃいそう……」

言いながら、ローションを手のひらですくって肩にかけてくる。背中にも垂れていくが、胸にも垂れて、さらにその下にある臍や陰毛まで……。

「おおうっ！」

和樹が野太い声をあげてしまったのは、麻衣の細指がペニスにからみついてきたからだった。ごく微弱な力で握られたが、ローションにまみれていた。

（たっ、たまらないよ……）

手筒がスライドしはじめると、和樹は身をよじってしまった。その姿が正面の鏡に映っているから、顔が真っ赤に染まっていく。

「すごーい、硬ーい……」

麻衣が甘い声で耳にささやく。

「さっき出したばっかりなのに、もうこんなに硬くなってるなんて、若いってすごいのね」

「あっ、あのう……」

和樹は上ずった声で言った。恥を忍んで頼まなければならないことがあった。

「あんまりされると、でっ、出ちゃうかも……」

「二度目も暴発？」

「すいません」

「大丈夫。さっきは自分でベッドに押しつけてたから、加減ができなかったんでしょ。わたしがきちんとコントロールしてあげる」

麻衣は手筒でしごくのをやめて、ペニスの裏側をコチョコチョとくすぐってきた。爪を立てて玉袋の裏まで……ローションの刺激と相俟って、身震いが起こるほど気持ちいい。

「ねえ、こっち向いて」

耳元でささやかれ、和樹は振り返った。

「チュウしましょうよ。淫らなチュウ」

麻衣が口を開き、綺麗なピンク色の舌を差しだしてきた。和樹もおずおずと舌を差しだした。ねちゃねちゃと音をたてて舌と舌をからめあった。

初めてのキスだったが、甘酸っぱいレモンのような味はせず、ただひたすらにいやらしい味がした。

麻衣がコントロールしてくれるので、暴発の心配はなくなったかに思えた。スケベ椅子上でのローションプレイに、和樹は脳味噌が沸騰するほど興奮していたが、ペニスを長い時間しごかれることがなくなったので、射精の予兆は遠のいていった。

だが、安心したのも束の間、麻衣が前にまわりこんできて、四つん這いになった。

麻衣は全裸で、長い髪をひとつにまとめてセクシーなうなじを見せていた。そんな姿の人妻が四つん這いになっただけで鼻血が出そうなほどいやらしいのに、和樹の正面は鏡なのだ。麻衣の裸の尻は、そちらに向かって突きだされている。尻の穴も女の花も、すべてが丸見え……。

（エッ、エロいっ……エロすぎるだろっ……）

まばたきも呼吸もできなくなり、金縛りに遭ったように動けない和樹の内腿を、麻衣が撫でてきた。ローションでヌルヌルになった細い指で……。

「おおおっ……」

「ねえ知ってる？」

激しく身をよじると、

麻衣が悪戯っぽく鼻に皺を寄せた。

「このローション、海草成分だから口に入れても大丈夫なんですって」

「そっ、そうなんですか」

「つまり、このままオチンチン舐めても大丈夫ってことよ」

麻衣はこれ見よがしに舌なめずりをした。

「舐めてあげましょうか？」

綺麗なピンク色の舌で、執拗に唇の内側を舐める。

「それとも、暴発が怖いからやめておく？　いくら若くたって、さすがに三回連続は難しいでしょう？　オマンコに入れてるときふにゃふにゃになったら、わたしだってがっかりだし……やめておきましょうか？」

「あっ、いや……」

和樹は真っ赤になった顔を歪めた。

たしかに、もう一度暴発してしまったら、童貞喪失の儀式が残念な結果に終わるかもしれない。オナニーだって二発連続は余裕でも、三回続けて発射したことはない。

しかし、薔薇の花びらのように真っ赤に輝いている麻衣の唇は暴力的にエロティックで、フェラチオを拒《こば》むことなんてできなかった。

「さっ、三秒だけ……」

和樹は震える声を絞りだした。

「三秒だけやってもらえないでしょうか。三秒なら我慢できると思います」

「ふふっ、いいわよ」

麻衣は淫靡な笑みをもらすと、真っ赤な唇をOの字にひろげた。そのまま、ペニスの先端に近づけてくる。ぱっくりと咥えこむ。

「ぬおおおおっ……」

和樹は両手をぎゅっと握りしめて身震いした。ほんの一瞬だが、スケベ椅子から尻が浮いた。

「ぅんんっ……ぅんんんっ……」

麻衣が唇をスライドさせてくる。一往復目は、なめらかな唇の裏側でカリのくびれをこすられた。二往復目も同じ要領で、じゅるっ、と卑猥な音をたてて吸いたてられた。そして三往復目、深く咥えられた。真っ赤な唇がペニスの根元まできて、先端が喉奥に届いていた。顔面偏差値七十オーバーの美貌が、男の陰毛に埋まっていた。

「はい三秒」

麻衣は口唇からペニスを抜くと、口に溜まったローションを唇から垂らし、手のひらで受けとめた。

4

生まれて初めて経験したフェラチオは、残念ながら三秒だけで終了した。想像の千倍は気持ちよく、ペニスが口唇から抜かれても、しばらくの間、体の震えがとまらなかった。

もちろん、もっとやってもらいたかった。しかし、二度目の暴発だけは絶対に避けたい。もし三秒が三十秒だったら、麻衣の美しい唇をイカくさい白濁液で汚してしまっていただろう。

(我慢だ。ここは涙を呑んで耐え忍ぶしかない……)

和樹は自分に言い聞かせた。たとえフェラチオを我慢しても、この先にはまだまだ魅惑のプレイが待ち構えているのである。

麻衣は巨大なマットを床に倒した。中に空気が入っていて、マットというより水遊びに使うイカダ形のボートのようだ。ただ、ラメの入った金の色合いに、十八禁のアダルトムードが漂っている。麻衣がローションを流しこむと、金色がみるみる淫らな光沢を帯びていった。

麻衣はマットの上にうつ伏せで横たわると、

「いやーん、気持ちいい」

平泳ぎの要領で手脚を動かした。顔立ちは大人の美女そのものなのに、無邪気なところがあるものだと、感心することはできなかった。

(なっ、なんてエロい人なんだ……)

ローションマットの上での平泳ぎは、先ほどの四つん這いさえ超えていきそうな、すさまじいインパクトだった。カエルのように動いている両脚の中心に、和樹の視線は釘づけになった。尻の桃割れの間から、アーモンドピンクの花びらがチラチラ見えている。

「なにやってるのよ。あなたも早く来なさいよ。夢だったんでしょう?」

「はっ、はいっ……」

かねてからの妄想が実現している感動を嚙みしめられないほど、和樹はしたたかに悩殺されていた。

恐るおそるマットに横たわると、麻衣が身を寄せてきた。というか、マットの上はそれほど広くないし、ヌルヌルとすべるので、自然とお互いの体にしがみつくような格好になる。

「気持ちいいでしょう?」

麻衣が体を揺らす。密着した素肌と素肌が、ヌルッ、ヌルッ、とこすれあう。

(こっ、これは……)

想像を超えた興奮に、和樹はすぐには動けなかった。女の体の凹凸感《おうとつかん》が、ローションのおかげで生々しく伝わってくるようだった。

ましてや麻衣は、メリハリのあるボディの持ち主。マットの上で平泳ぎをしていた彼女の体はヌルヌルで、先ほどまで背中にあたっていた巨乳が、今度は胸にあたっている。揉みしだいたりしなくても、ヌルヌルこすれる感触だけで、股間のイチモツがどこまでも硬くなっていく。

「ほらー、もっとヌルヌルになって……」

風呂桶の中でお湯に溶かしたローションを、麻衣が手のひらですくって和樹の体にかけてきた。お腹にタラリと垂らして、手のひらでのばす。太腿や膝のあたりまで……。

「ソープ嬢ってマットの上でなにしてるんだろうね？」

和樹は当然、その答えを知識としては知っていた。だが、なにも言いたくない。言葉を交わすより、人妻のボディとヌルヌルしたローションの素晴らしすぎるハーモニーに、いまは身を委ねていたい。

すると麻衣が、両脚で和樹の太腿を挟んできた。

「こんなことするのかな？」

腰を動かし、股間を太腿にこすりつけてくる。

「おおおっ……」

和樹は情けない声をもらしてしまった。女陰のびらびらした感触と、陰毛のしゃりしゃりした感触に、昇天してしまいそうだった。

ヌルッ、ヌルッ、と麻衣の股間が、太腿の上ですべる。両脚で太腿を挟んで、腰をくねらせ押しつけてくる。

「ああっ、いいっ……」

蕩けるような表情でささやいては、ハアハアと息をはずませる。

和樹はどう対応していいかわからなかった。

太腿に感じているヌルヌルの女陰はいやらしすぎて、鼻息が荒くなっていくのをどうすることもできなかった。けれども、その一方でペニスは放置されたままだった。強く刺激されると暴発の恐れがあるものの、放置というのも淋しいものがある。

だが、麻衣にはなにか考えがあるようだった。存在を忘れているわけではなく、あえて放置しているような……。

「大人の男になる瞬間が近づいてきたわよ」

ヌルッ、ヌルッ、と股間を太腿の上ですべらせながら、ささやいてきた。

「オマンコ、熱くなってきたでしょう？」

和樹はこわばりきった顔でうなずいた。

「わたしもね、オチンチンが欲しいの。どうやってひとつになりたい？」

体位の希望を訊ねられたようだが、和樹は答えられなかった。本当は四つん這いになっている女を、後ろからガンガン突いてみたかった。しかし、初めてのセックスでそんなことができるかどうかわからなかったし、ローションでヌルヌルになっているマットの上では、なおさら難しいだろう。

「わたしが上になってもいいかな？」

麻衣が騎乗位を提案してきた。

「童貞を奪われるって感じになっちゃうけど、あなたは上を向いていればいいから、とっても楽チンよ」

「おっ、お願いします」

和樹は真顔で返した。相手が麻衣のように美しく、スタイル抜群な人妻なら、奪われて本望《ほんもう》である。

「ふふっ」

麻衣は淫靡な笑みをもらした。

「わたし、ピル飲んでるから、生で入れて中で出していいからね」

「マッ、マジすか……」

和樹の体は小刻みに震えだした。男がコンドームを着けるのは、セックスをする上での最大のマナーと思っていた。その一方で、生挿入で中出しには男のロマンのすべてが詰まっている。麻衣のほうから許可を出してくれて、踊りだしたいくらい嬉しかった。

「どうしてピルを飲んでいると思う？」

「せっ、生理不順とか？」

知ったかぶって言ってみたが、麻衣に鼻で笑われた。

「セックスが気持ちよくなるからよ。あんな薄いゴムでも、あるとやっぱり感覚が鈍るの。オチンチンもオマンコも熱くなってるのに、熱気が遮《さえぎ》られるっていうのかな……それにやっぱり、男が生で出すときのドクンッていう衝撃がたまらないのよね……」

麻衣はにわかに遠い眼になったが、太腿に股間をこすりつけてくる動きは、いやらしくなっていく一方だった。

「あなたも、わたしを孕《はら》ませるつもりでドバドバ出しなさいよ」

「……はっ、孕むんですか？」

「ピル飲んでるから孕まないわよ。でも、そういうつもりで出しなさいって言ってるの」

麻衣は身を翻《ひるがえ》し、和樹の上に乗ってきた。お互いにローションまみれでヌルヌルになっているので、触れあったところがよくすべる。それでも麻衣はうまくバランスをとって、腰の上にまたがってきた。

「おおおっ……」

臍に張りついているペニスの上に、女陰がぴったりと密着した。

(これはまだセックスじゃないぞ……)

和樹はこわばった裸身を小刻みに震わせながら、必死になって冷静さを取り戻そうとしていた。

ローションまみれのマットの上でヌルヌルプレイ、しかも相手はソープ嬢ではなく、気品あふれるエレガントな人妻――冷静になるほうが難しい状況だが、事実をきちんと把握しておかなければならない。

麻衣は騎乗位の体勢で和樹にまたがり、腰を動かしている。

だが、ペニスはまだ彼女の中に収まっておらず、女陰が裏側にぴったりと密着している状態で、亀頭が麻衣の股間からちょっとだけ顔をのぞかせている。

（これはたぶん……素股というやつでは？）

ヌルッ、ヌルッ、と女陰をこすりつけられる刺激は気が遠くなりそうなほど心地よかったが、素股はセックスではない。本番なしの風俗で用いられる高等技術である。

「まっ、まだ入ってないですよね？」

すがるように見つめると、

「入ってないわよ」

麻衣はクスッと笑った。

「先っぽが見えてるじゃないの」

股間からのぞいている亀頭を指でナデナデしてくる。亀頭も指もローションまみれなので、たまらない気持ちになってしまう。

「入れてほしいの？」

麻衣が挑発するように眼を細め、

「いっ、入れさせてくださいっ！」

和樹は間髪容れず答えた。

「セッ、セックスがしたい……大人の男になりたいんですっ！」

「いいわねえ。その必死な形相《ぎようそう》」

麻衣が笑いながら腰を動かす。ヌルッ、ヌルッ、と女陰がペニスの裏側ですべる。びらびらした感触が、刻一刻と熱くなっていくような気がする。

「初体験の相手をしてあげるんだから、わたしのことずっと覚えててよ」

「もちろんですっ！」

「じゃあ……」

麻衣が片膝を立てた。もう笑っていなかった。瞼を半分落としたいやらしすぎる表情で和樹を見下ろしながら、ペニスをつかみ、切っ先を肉穴の入口に導いていく。

「あああっ……」

切っ先が、ずぶりっと埋まった。思ったよりも弱い刺激だったが、片膝を立てた格好でペニスを咥えこんでいく麻衣の姿が限度を超えたエロスを放ち、息もできない。

「入っていくわよ。ほーら、ほーら……」

麻衣が割れ目をひろげて結合部を見せつけてくる。薄桃色のひだひだに、ペニスが包みこまれ、呑みこまれていく。

「んんーっ！」

麻衣は最後まで腰を落としきると、立てていた片膝も前に倒した。

「どう？　入ったわよ」

眉根を寄せてささやいた。大人の女の余裕を見せようとしているが、ハアハアと息がはずみだしている。

「これがセックスよ……女の体よ……どう？　気持ちいいでしょう？」

ゆっくりと腰が前後に動きだした。薄桃色のひだひだに包まれているペニスに、刺激が与えられた。

はっきり言って、自分でしごくよりずいぶんと弱い刺激だった。

（まさか……麻衣さんって、ユルマンなのか？）

そんな失礼なことを思ってしまったが、やがて誤解だったと気づかされる。

5

結合前はあれほど興奮していたのに、騎乗位でペニスを咥えこまれると、和樹は妙に冷静になってしまった。

思ったよりも気持ちがよくなかったからだ。

フェラの快感は想像をはるかに超えていたし、ローションまみれの指でしごかれたって涙が出そうなほど気持ちよかったのに、肝心の刺激がイマイチだったので、なんだか拍子抜《ひようしぬ》けしてしまった。

（こんなことなら、フェラで出しておけばよかった。三秒だなんて痩せ我慢しないで……）

和樹の落胆に気づいた麻衣は、

「どうしたのよ？」

両手を伸ばし、恋人繋ぎをしてきた。

「思ってたのと違ってたかしら？」

「いえ、その……慣れてないだけだと思います……」

「男の人って、そういうところあるみたいね。自分の手でしごくほうが、オマンコより気持ちがいいと思ってるんでしょう？」

「あっ、いや……」

和樹は眼をそむけた。先ほどからずっと思っていたが、綺麗な顔をして「オマンコ」なんて言わないでほしい。

「でもね、あなたはまだ、セックスの入口しか知らない……気持ちがよくなるのはこれからよ」

麻衣は恋人繋ぎをしている両手に力を込めると、両膝を立てた。足元のマットはローションでヌルヌルだが、器用にバランスをとってM字開脚を披露した。

「深くなったでしょ？」

麻衣がささやき、和樹はうなずいた。股間に体重をかけているので、結合感がぐっと深まった。

いや、そんなことより、男の腰の上でM字開脚を披露している人妻の姿がいやらしすぎて、和樹はまばたきができなくなってしまった。

「んんんっ……あああっ……」

麻衣は恋人繋ぎでバランスをとりながら、腰を動かしはじめた。M字開脚の中心をこすりつけるようにして、ぐいぐいと……。

「ああっ、いいっ！　オチンチン気持ちいいっ！　奥まできてる……いちばん奥まで、届いてるーっ！」

前後に動くだけではなく、上下にも動きはじめた。女陰でペニスをしゃぶりあげるようにして、ピターン、ピターン、と尻を鳴らす。ローションまみれでテカテカになっている巨乳も、タップン、タップン、と揺れはずむ。

（エッ、エロいっ……エロすぎるだろっ……）

衝撃的な光景に圧倒されてしまった。裸身を惜しげもなくさらけだし、世にも恥ずかしい格好で動きながら、表情がみるみるいやらしくなっていく。眉根を寄せ、小鼻を赤くし、半開きの唇をぶるぶると震わせている。

しかも……。

麻衣は唐突に恋人繋ぎを片方だけほどくと、右手で股間をいじりはじめた。繋いだ左手だけでバランスをとりながら、右手でオナニーを開始したのである。

「ああっ、いいっ！」

ぶるんっ、ぶるるんっ、とグラマラスな裸身を痙攣させながら、麻衣は肉の悦びに溺れていく。

ピターン、ピターン、と尻を鳴らしてペニスを深々と咥えこんでは、クリトリスをねちっこくいじりまわしている。

和樹は唖然とした表情で見上げていることしかできなかった。

服を着ているときはシロガネーゼみたいだったのに、裸になったら完全に獣の牝《めす》である。

「ねえっ、イッちゃいそう……わたし、もうイッちゃいそうよ……」

開脚騎乗位でペニスを咥えこみ、さらに自分の指でクリトリスまでいじりはじめた麻衣は、眉根を寄せたいやらしすぎる表情で見つめてきた。

（イッちゃいそうって言われても……）

和樹にできることは、ただただ人妻の旺盛な性欲に圧倒され、ローションまみれのマットの上から転《ころ》げ落ちないようにしていることだけだった。

「ああっ、イクッ！　もうイッちゃうっ……」

ピターン、ピターン、と尻を鳴らして股間を上下させ、奥の奥までペニスで刺激しようとする。そうしつつも、右手の中指はクリトリスをねちゃねちゃといじりつづけている。

これほどいやらしい光景を見せつけられ、暴発しないのが不思議なくらいだった。先ほど一度射精していることに加え、結合の感覚が想像とは違って、一瞬冷静になってしまったからだろう。そうでなければ、とっくに果てていたに違いない。

「イッ、イクッ！」

麻衣は、ぐりんっ、ぐりんっ、と二度ほど大きく腰をひねってから、ローションの光沢をまとった裸身を小刻みに痙攣させた。鼻の下を伸ばして恍惚《こうこつ》を噛みしめている表情が暴力的にいやらしく、獣じみた発情が生々しく伝わってくる。

（これが……女のオルガスムスか……）

和樹はほとんど感動していた。ＡＶなどでは見たことがあるが、見るのと経験するのでは雲泥《うんでい》の差があるのが、女の絶頂というものらしい。

「あああっ……」

イキきった麻衣が、上体を覆い被せてきた。ハアハアと息をはずませながら、熱く火照《ほて》ったヌルヌルの裸身をこすりつけてくる。

「イッちゃったあ……」

無邪気な笑顔でささやかれ、和樹はドギマギしてしまった。

（かっ、可愛すぎるだろ……）

ひとまわり以上年上の人妻なのに、なおかつあれほど破廉恥にして大胆な開脚騎乗位を目の当たりにしたばかりなのに、その笑顔は息がとまりそうなほど可愛かった。年が近かったら、恋に落ちてしまったかもしれない。

いや……。

オルガスムスをむさぼり抜いた麻衣は、ただ可愛くなっただけではなかった。

最初に異変を感じたのは、吐息の匂いだった。さっきより、甘酸っぱい匂いになっていた。

そして、全身から牝の匂いとしか言い様がないものを、むんむんと振りまいている。これもまた、フェロモンに違いなかった。女が発情したときに全身から放つという……。

6

「イッちゃったけど、まだできるよ……」

麻衣が桃色吐息を振りまきながらささやいてくる。声音は甘ったるくても、眼つきは欲情を隠しきれない。

「女は男と違って、何回だってイケるんだから……」

動きはじめると、密着した胸と胸がヌルヌルとこすれあった。その感触もいやらしかったが、ペニスを肉穴でしゃぶられている快感に、身をよじってしまう。

(これか？　この感じなのか？)

和樹はようやく、女陰から快感を得ることに慣れてきたのだった。

刺激そのものは手で握りしめるほうが強くても、熱く濡れた肉ひだがペニスにからみついてくる感覚は、手にはもちろん、口唇にだってないものだった。

ならば、と和樹は奮い立った。

「あっ、あのう……」

麻衣に声をかけた。

「今度は僕が上になってもいいですか？」

もちろん、とばかりに麻衣は濡れた瞳でうなずいた。

ふたりで体を支えあいつつ、騎乗位から正常位に体勢を入れ替えた。

「すべるから気をつけてね」

麻衣が心配そうにささやいてくる。

ローションまみれのマットの上だった。ただでさえ初めてのセックスだから、自分が上になって動くことには不安もあったし、麻衣も「ベッドに移動しましょうか」と言ってきたが、きっぱりと断った。

初志貫徹——ローションでヌルヌルになりながら童貞を捨てるのは、長い間の念願だったのだ。夢が叶っているのに尻尾を巻いて逃げだすなんて、男のすることではない。

結合したまま体位を変えたものの、さすがにいきなりはうまくできず、麻衣にリードしてもらった。

「体、起こして」

和樹は上体を覆い被せていたのだが、麻衣に言われて上体を起こした。

（うわあ……）

眼下では、麻衣が両脚をＭ字に開き、その中心に勃起しきったペニスが根元まで埋まっていた。騎乗位でも結合部を見せつけられたが、正常位からのアングルだと、女体を貫いている実感が倍増した。

「最初はわたしが動いてあげる」

麻衣は腰を浮かせると、ぐいぐいと股間をこすりつけてきた。

「おおおっ……」

野太い声をもらしてしまう。

「はい、ここ持って」

麻衣に両手を取られ、蜜蜂のようにくびれた腰に導かれた。

そこを両手でつかむと、なんとか腰を動かすことができた。麻衣も動いてくれるので、次第にリズムが合ってくる。ぬちゃっ、くちゃっ、と淫らな肉ずれ音がたつ。

「ああっ、いいっ！　いいわよ、その調子っ！」

麻衣は励ましてくれたけれど、騎乗位のときよりあきらかにボルテージがさがっているようだった。表情のいやらしさが全然違うし、息だってあんまりはずんでいない。わざと大きな声を出しているように見える。

（クソッ、どうすりゃいいんだ……）

初体験なのだから、うまくいかなくて当然なのかもしれなかった。

しかし、ひとつになっている女を悦ばせたいと願うのは、おそらく男の本能なのだ。先ほど、派手にイッている姿を拝んでいるから、なおさらもう一度イカせてみたい。

ずんっ、ずんっ、と一打一打に力を込めて、なるべく深く突いた。腰を前に出すとともに、両手で麻衣の腰も引き寄せる。

「あううぅーっ！」

麻衣が身をよじりはじめた。

「いっ、いいわよっ……もっとしてっ……もっとちょうだいっ！」

眉根を寄せて見つめられ、和樹はうなずいた。いちばん深いところまで亀頭を届かせるイメージで、ゆっくりと抜いて、素早く突く。ＡＶ男優のような連打はまだできないが、麻衣は乱れていくばかりだ。

「あああっ……はぁああっ……はぁあううーっ！」

感じすぎて、腰を浮かせていられなくなったようだった。

和樹はあらためて麻衣の両脚をM字に割りひろげると、無防備にさらけだされているクリトリスを右手の親指でいじりはじめた。

「ダッ、ダメよっ……」

麻衣が初めて、焦った顔を見せた。

「そっ、そんなことしたらすぐイッちゃうっ……すぐイッちゃうからっ……」

和樹はねちっこく指を動かして、年上の人妻を追いつめていく。

「ああっ、いやっ……ああっ、いやああっ……」

ピストン運動とクリトリスへの二点同時攻撃に、麻衣はあえいだ。美しい顔がみるみる生々しいピンク色に染まっていき、その色が耳や首筋にまでひろがっていく。

和樹がクリへの刺激をやってみたのは、もちろん、騎乗位のときに麻衣が自慰を始めたことの応用である。ピストン運動が拙《つたな》いことに対する、せめてもの償いのつもりだったが、思いのほか麻衣の反応がよかった。

（本当にいやらしい人だな……）

乱れる麻衣を眺めるほどに、和樹の興奮は天井知らずで高まっていった。

やっていることは先ほどとあまり変わらないのに、全身の血が沸騰していくようだった。

先ほどの騎乗位では、麻衣が勝手に腰を振り、勝手にクリをいじって、みずからゆき果てていったけれど、いまは違う。

和樹がペニスを抜き差しし、クリを刺激しているので、女を感じさせている実感がある。

それも、先ほどまで余裕綽々《しゃくしゃく》だったひとまわり以上年上の人妻が、焦った顔をするくらい乱れている。焦らせているのは他ならぬ自分だ。男に生まれてきてよかったと感激せずにはいられない。

「クッ、クリは許して……イッちゃうから……すぐイッちゃうから……」

すがるように見つめられても、和樹が二点同時攻撃をやめないでいると、

「あああーっ！」

甲高い声をあげて喉を突きだし、次の瞬間、両手で和樹の腕をつかんできた。

「イッ、イッちゃうっ……イクイクイクイクーッ！」

腕を引っぱられると、両膝がローションですべって、上体を起こしていられな

くなった。淫らなまでに身をよじっている麻衣を抱きしめ、あとは本能のままに連打を放つ。

「はぁううう−っ！　はぁうううう−っ！」

ヌルヌルの女体が、腕の中でビクビクと震えだした。お互いの体がすべって、気の遠くなるような快感がこみあげてきた。我慢できそうになかった。

「でっ、出ますっ！　僕も出ちゃいますっ！」

「ああっ、出してっ！」

オルガスムスに身をよじりながら、麻衣が叫ぶ。

「中で出してっ！　いっぱい出してえええ−っ！」

「うおおおお−っ！」

雄叫びをあげると同時に、下半身で爆発が起こった。水を入れすぎた風船が炸《さく》裂《れつ》するように、熱い粘液を麻衣の中にぶちまけた。

「ああああっ、すごいっ……ビクビクしてるっ……オチンチンが、オマンコの中でビクビクしてるうう−っ！」

ドクンッ、ドクンッ、と射精が訪れるたびに、ペニスの芯に衝撃的な快感が走り抜けていった。耐えられずに身をよじれば、お互いの体がヌルヌルとすべった。その刺激がまた、新たな射精のトリガーになる。

手淫のときよりもずっと多くの回数、射精は続いた。永遠に終わらないかもしれないと思ったほどだった。

最後の一滴を漏らしおえると、ハアハアと息をはずませながら麻衣を見た。麻衣はアクメの余韻がありありと残った真っ赤な顔で、笑いかけてきた。

「どう？　大人の男になった感想」

「……最高でした」

和樹は心の中で彼女に土下座した。先ほどはユルマンを疑ったりして、本当に申し訳なかった。女陰の中で放つ射精は、手淫とは比べものにならないほど最高に気持ちよかった。

第四章　妻が好き者で

1

「ですからね、恥を忍んで言いますけど、三つ年下の妻の性欲が強すぎて困り果ててるんですよ。あれはもう性欲モンスターだ」

竜一郎《りゅういちろう》はまくしたてるように言った。

「若いころはそうでもなかったのに、三十代半ばを過ぎたあたりから、急にセックスに目覚めちゃったみたいで……でもこっちはもう四十二歳なわけですよ。若いころみたいにひと晩に二度も三度もできないし、セックスなんて週に一度もあれば充分なんです。体がすれ違えば、気持ちもすれ違っていくものなんでしょうね。おかげで夫婦仲は険悪になっていくばかり。食事のメニューは手抜きばかり。まいりますよ、まったく……」

ここは、とある盛り場の片隅にある『人妻相談室』。ラブホテルの一階という、いかにもあやしげなところにあるのだが、無料を謳《うた》っているので試しに入ってみたところ、匂いたつように美しい美熟女が待っていた。

月子《つきこ》と名乗った相談員は、竜一郎より三、四歳年下に見えた。つまり、三十代後半……。

女として酸《す》いも甘いもかみ分けられる年齢であり、なるほど身の下相談員としては適任なのかもしれないが、なにかがおかしかった。

白いワンピースを清楚に着こなした姿は、百合《ゆり》の花を彷彿《ほうふつ》とさせるくらい美しい。美しすぎて身の下相談員にそぐわない。おまけに、妙に恥ずかしがってもじもじしている。

たとえて言えば、深窓《しんそう》の令嬢がそのまま美熟女になった雰囲気なので、夫婦の性のすれ違いを赤裸々に相談をしているこちらのほうが、なんだか恥ずかしくなってくる。

「奥さまのことは、まだ愛してらっしゃるんでしょうか？」

月子が上目遣いで訊ねてきた。まばたきをしただけで風が起こりそうなほど、睫毛《まつげ》が長い。

「愛してますよ。愛する妻の期待に応えられないから、こんなに困ってるんです」

「だったら……」

月子は唐突に立ちあがった。

「ちょっと上に行ってみましょうか」

「はっ？」

竜一郎は眉をひそめた。建物の上はラブホテルである。いったいなにを言っているのだろう？

それでも、月子の楚々《そそ》とした雰囲気に文句を言う気にもなれず、一緒にエレベーターに乗りこんで階上に向かった。

もしかすると、ラブホテル以外にもなんらかの施設があるのかもしれないと思ったが、連れていかれたのはどう見ても男と女が淫らな汗をかくためだけに提供されている、窓のない密室だった。おまけに、もはや昭和の遺物のようなギラギラした内装で、ベッドなど円形である。

「それ、見てください」

月子が指差したのは、部屋の隅にある自動販売機らしきものだった。チカチカと原色のライトが点滅している。

「僭越《せんえつ》ながら申し上げますけど、奥さまを愛しているのに精力に自信がないなら、ラブグッズを使ってみてはいかがでしょうか」

月子が恥ずかしげにもじもじしながら言い、竜一郎は自販機の中を確認した。ガラス越しに大人のオモチャが見えた。ヴァイブやローターや電気マッサージ器だ。

「こっ、こんなもの、使ったことないですよ……」

竜一郎は吐き捨てるように言い、深い溜息をついた。すっかり落胆してしまった。無料とはいえ頼りにならない相談室だと、天を仰ぎたい気分になる。

「ラブグッズを使ったことがないんですか?」

月子が眼を丸くして訊ねてきたので、

「ありませんね」

竜一郎は冷ややかに答えた。

「いい歳してこんなこと言うのも恥ずかしいですけど、僕はロマンチックなセックスが好きなんですよ。メイクラブと呼べるような……ヴァイブやローターを使ったら、ロマンチックどころか、変態チックだ」

「でも、女性でラブグッズを使ったことがない人なんていませんよ」

月子が軽やかに言ったので、

「またまた……」

竜一郎は苦笑した。

「じゃあ、あなたも使ってるわけですか？　虫も殺さないような顔をして」

もちろん、皮肉のつもりだった。にもかかわらず、月子にきっぱりとうなずかれてしまい、竜一郎は仰天してしまった。

「そっ、それは……セックスの小道具として？」

「いいえ。自分で自分を慰めるためです」

とんでもない告白をぶちこまれ、竜一郎は言葉を返せなくなった。本当にオナニーなんかしているのだろうか？　この清楚な美熟女が……白いワンピースを着た姿が白百合のような麗《うるわ》しさなのに……。

いや……。

竜一郎はハッとした。

月子が着ているのはただの白いワンピースではなかった。階下の相談室は、裸電球だけの薄暗さだったので気づかなかったらしい。下着が透けていた。真っ赤なブラジャーとパンティが……。

（みっ、見えてるよ……ばっちり見えてる……）

竜一郎は眼のやり場に困った。にわかに呼吸が苦しくなってきた。ここはラブホテルの一室。目の前には真っ赤な下着を白いワンピースに透けさせている、清楚な美熟女……。

四十路《よそじ》を過ぎて精力に自信を失っているとはいえ、勃起するなというほうが無理な相談だった。

「あのう……」

月子がうつむいてもじもじしながら、声をかけてきた。

「もしよろしければ、わたしで試してみますか？ラブグッズを使ったセックス……」

嘘だろ、と竜一郎は息を呑んだ。

「そっ、それはあれですか？要するに相談室は隠れ蓑《みの》で、実質的にはデリヘルだったりするとか……」

言ってみたものの、確信してはいなかった。どう見ても、月子が売春婦の類いには見えなかったからだ。

「そんな……わたしはお金をいただきませんよ。ただ、このお部屋の使用代と、ラブグッズを買うお金は、負担してくださいね」

にっこりとした笑顔がやたらと妖艶に見えるのは、白いワンピースに赤い下着を透けさせるという、大胆な装いのせいなのか？　よく見れば、パンティが股間にぴっちりと食いこんでいる様子までうかがえる。

どうするべきなのか、竜一郎は頭をフル回転させて考えた。疑おうと思えば、疑うべきところはいろいろあった。

だが逆に、信用してみたい気もする。

月子が他意もなく、親身になって相談に乗ってくれているとすれば、竜一郎にも得るべきものがたくさんあるはずだった。

まだどういうものかはわからないが、ラブグッズを使ったセックスに好奇心が疼きはじめていた。

月子ほどの美女が使っているのであれば、それほど後ろめたい気分にならずに使えそうだった。それが夫婦生活にも活かせるのなら、性欲モンスターと化した妻を満足させ、家庭円満の一助《いちじょ》になってくれることは間違いないだろう。

「どれを買えばいいんですかね？」

竜一郎は財布からそそくさと札を出した。月子に推薦されたラブグッズを自販機で買い求めた。

小型の電マとヴァイブが、それぞれ三千円。どちらも色や形が洗練されたデザインで、一見すると大人のオモチャには見えない。なるほど、これならラブグッズと呼ぶほうがしっくりくる。

とはいえ……。

月子もこれを使ってオナニーしているかと思うと、鼓動がどこまでも速くなっていった。

リスクを覚悟で、ラブグッズを使ったセックスを試してみる気になったのには、彼女の魅力以外にもうひとつ理由があった。

女性でラブグッズを使ったことがない人なんていません、と月子は断言していた。

眉唾な話だと、竜一郎は信じていなかった。少なくとも自分の妻は使っていないはずだと思ったが、実は記憶の中に心あたりがあったのだ。

一年くらい前だろうか。

自宅のベッドの下は収納スペースになっており、竜一郎は枕カバーを探していて、それを開けたことがある。家のことはすべて妻にまかせてあるから、普段開けることはない。

見覚えのないクッキーの空き缶が入っていた。なんだろうと思って開けようとすると、ちょうど寝室に入ってきた妻が血相を変えてそれを奪い、逃げるように寝室から出ていった。

へそくりだろうと思ったし、へそくりを見逃してやれるくらい器の大きな男でありたいと黙っていたが、あの空き缶の中身は、もしかしてラブグッズだったのでは……。

「それで……」

ラブグッズをパッケージから出した竜一郎は、コホンとひとつ咳払いをしてから続けた。

「ラブグッズを使ったセックスというのは、いったいどうやってやればいいんでしょう?」

「普通ですよ」

月子は微笑を浮かべながら答えた。

「いつものように、ロマンチックに奥さんと愛しあえばいいんです。ただ、奥さんを満足させるときだけ、ラブグッズに頼るような感じで……たぶんですけど、ペニスを挿入するより、奥さんのイク回数は増えますから、ご主人の精神的満足感も高いと思います」

ごくり、と竜一郎は生唾を呑みこんだ。

「つまり、月子さんもラブグッズを使ったほうが、イキまくれるってことでしょうか？」

「それは……」

月子はうつむいてもじもじした。

「すぐにその眼で確かめられますから、訊かないでください」

抱擁を求めるように、両手をひろげた。

竜一郎は持っていたヴァイブと小型電マをいったんベッドに置いてから、吸い寄せられるように月子に近づいていった。

抱きしめると、軽かった。小柄というわけではなく、細いのだ。まだ服を着ているくせ、こちらの胸にあたっている乳房には存在感がある。服を脱がす前から、胸が高鳴ってくるのに、丸みと弾力が生々しく伝わってくる。服を脱がす前から、胸が高鳴ってしかたがない。

「ぅんんっ……」

唇を重ねた。

月子の唇は薄くて上品だった。しかし、舌を差しだすと、いきなり大胆にからめてきた。お互いが口の外で音をたてて舌を吸いあう、淫らなディープキスに移行していった。

2

唾液が糸を引くような情熱的なキスを交わしながら、竜一郎と月子はうっとりと見つめあった。

結婚してもう十五年になるが、竜一郎が浮気をしたのは初めてだった。

上司や同僚に誘われて風俗店くらいには行ったことがあるけれど、素人の人妻とこんなことをした経験はない。

「ぅんんっ……くぅんっ……」

キスを続けながら、月子の体をまさぐった。首筋、背中、腰、ヒップ……スレンダーな体型をしていても、至る所で女らしいカーブを発見した。丸みを吸いとるように尻の双丘を撫でまわすと、月子は下半身を押しつけてきた。

もちろん、こちらの股間を刺激するためだ。清楚に見えても三十代後半の美熟女ともなれば、セックスが下手ということはなさそうだった。

背中のホックをはずし、ファスナーをおろしていく。そのまま白いワンピースを脱がしてしまうと、真っ赤な下着が眼を射った。

着衣の状態でも透けていたが、じかに見ると悩殺されずにはいられなかった。

赤いブラジャーは胸元の白い素肌を映えさせて、赤いパンティの上にはナチュラルカラーのストッキングを穿いている。

竜一郎は女のストッキング姿が好きだった。パンティストッキングに限るけれど、見た目もいやらしいし、ざらついた触り心地もエロティックだからだ。

しばしそのままの格好でいてもらうことにして、月子の体をいったんベッドに横たえた。

自分もあわててスーツを脱ぎ、ブリーフ一枚になって追いかけていく。

ベッドの上に置いてあるヴァイブと小型電マが眼にとまったが、ラブグッズの登場は、クライマックスでいいらしい。それまでは、普通に愛撫をすればいいのである。

月子の左側から身を寄せていくと、見つめあってキスをした。早くも瞳がねっとりと潤んでいたので、ドキッとしてしまう。

両手を月子の背中にまわし、ブラジャーのホックをはずした。真っ赤なカップの下から現れたのは、たわわに実った乳房だった。

全体が細いので巨乳というわけではないが、丸みが強くて果実のようだ。おまけに素肌の色が抜けるように白く、まぶしいほどの色艶である。

右手で左の乳房をすくいあげ、やわやわと揉みしだいた。

同時に、右の乳房には舌を這わせていく。下から上へ、下から上へ、唾液を染みこませるように丹念に舐めあげてから、乳首を口に含んでチューッと吸うと、

「あああっ……」

月子はせつなげに眉根を寄せて声をもらした。

話している声も鈴を転がしているようだったが、あえぎ声はさらに甲高くてセクシーだ。

左の乳首を吸いながら、右の乳首も唾液をつけた指先でいじってやった。月子は身をよじりはじめ、脚をからめてきた。

彼女の両脚はまだ、ストッキングに包まれたままだった。その状態で脚をからめられると、竜一郎の脚も性感帯になる。

ざらついたナイロンの感触がたまらなく心地よくて、こちらからもすりすりとこすりつける。月子が太腿をぎゅっと挟んでくれると、乳房を揉む手指と乳首を吸う口唇に、自然と熱がこもっていった。

(せっかく買ったんだから、使ってみたいよな……)

月子の乳房を揉みながらも、竜一郎はベッドに転がっているラブグッズの存在に、気をとられはじめた。

月子は清楚な美熟女だった。にもかかわらず、白いワンピースに真っ赤なランジェリーを透けさせている、いやらしい女でもあった。

感度も良好で、乳首を吸うほどに身悶えて、竜一郎を悩殺してきた。

なにより、月子はいま、上半身裸で、下半身はパンティとストッキングだけという、扇情的《せんじようてき》な格好をしている。ナチュラルカラーのストッキングに、真っ赤なパンティを透けさせている。パンティはきわどいハイレグタイプで、股間にぴっちりと食いこんでいる。

いやらしすぎる格好だった。竜一郎は、女のパンスト姿にことのほか燃えるタチであった。この格好のままラブグッズを使って愛撫をしたら、月子はどんな反応を見せるだろう? 彼女はラブグッズでオナニーしているらしいし、びっくりするほどエッチな姿を拝ませてくれるのではないだろうか？

「ちょっといいですか？」

竜一郎は愛撫を中断して、月子の腕を取った。ベッドの下にうながすと、うっとりした顔で乳房を揉まれていた月子は、不思議そうに眼を丸くした。

「なにをするんです？」

「いやいや、まあまあ」

竜一郎は言葉を濁しつつ、月子の両手をベッドにつかせた。さらに尻を突きださせれば、立ちバックの体勢になる。

絶景だった。尻が小さめで、脚が長いからだろう。ついでに脱いでいた白いハイヒールも履かせると、腰の位置が高くなり、いやらしさが倍増した。

「まさか、もう入れるんですか？」

月子が振り返り、恥ずかしそうに訊ねてくる。

「そうじゃなくて、ちょっと早いですけど、これを使ってみようと思って」

ベッドに転がっているラブグッズは、小型の電マとヴァイブだった。竜一郎は電マのほうを握りしめ、月子に見せた。

「こんな格好で？」

「ふふっ。素敵ですよ、とっても……」

竜一郎はまぶしげに眼を細めて言い、電マのスイッチを入れた。AVでしか見たことがなかった。思ったよりも振動が強い。段階があるらしく、いちばん弱い振動にして、月子のヒップに近づけていく。

尻丘のいちばん高いところに、振動するヘッドをあてた。手指による愛撫と同じで、触れるか触れないかギリギリのところが感じるに違いない。

月子の穿いている真っ赤なパンティには、バックレースがついていた。眼福を味わいつつ、尻から太腿、膝の裏を経由してふくらはぎへと、振動するヘッドを移動させていく。

「うっく……」

月子が身をこわばらせる。感じているようだ。

「脚、少し開いてもらっていいですか？」

月子は両足を揃えていたが、白いハイヒールを五〇センチほど離してもらうと、長い両脚が逆Vの字になった。ますますいやらしい光景になって、竜一郎はごくりと生唾を呑みこんだ。

竜一郎は右手で電マを操り、尻や太腿を撫でていたが、空いている左手でも直に撫ではじめた。真っ赤なパンティとストッキングに飾られた下半身が悩ましすぎて、触ってみずにはいられなかった。ストッキングのざらついた感触が、ぞくぞくするほどいやらしかった。

「んんっ……くぅうっ……」

身構えて愛撫を受けとめている月子は、意外にもふくらはぎが感じるようだった。そのあたりを集中的に撫で、アキレス腱のあたりまで電マの振動を与えてやると、月子は身構えていられなくなり、くねくねと身をよじりはじめた。

匂いたつほどの色香が漂ってきた。顔が見えないのが残念だが、月子は清楚な美熟女。なんの因果《いんが》か知らないが、普通ならとてもこんなことができるはずのない、ハイグレードな淑女なのである。

そのうち、本物の匂いが漂ってきた。濡らしているようだった。パンティとストッキング――二枚の薄布にガードされてなお、発情のフェロモンを隠しきれなくなったらしい。

「匂いますよ」

わざとらしく、鼻をくんくんと鳴らしてやると、

「いっ、言わないでください……」

月子はまっすぐに伸ばした長い両脚を小刻みに震わせた。

彼女は白いハイヒールを五〇センチほど離している。長い両脚を逆Vの字にしているから、股間はひどく無防備だ。

竜一郎は満を持して振動するヘッドを伸ばしていった。まずはアヌスのあたりから刺激してやり、じわじわと下のほうへとすべり落としていく。

「あうぅっ！」

振動するヘッドが、クリトリスにあたったようだった。下着越しにもかかわらず、月子は腰をくねらせはじめ、ぶるぶるっ、ぶるぶるっ、と太腿を震わせた。

なかなかの反応のよさだった。

月子が敏感なのか、それとも、それが電マの威力なのかわからないが、クリ周辺に振動するヘッドをこすりつけていると、発情のフェロモンの匂いも強まっていくばかりだった。

竜一郎は我慢できなくなり、パンティとストッキングを少しめくった。薄紅色のアヌスが見えた。三十代後半なのに、尻の穴までこんなに綺麗なのか、と驚いて手がとまる。

「可愛いお尻の穴が見えてますよ……」

くんくんと鼻を鳴らして匂いを嗅ぎまわしてやる。

「かっ、嗅がないでっ……嗅がないでくださいっ……」

月子はいやいやと身をよじりつつも、決して尻は引っこめない。むしろ、見られて悦んでいる。匂いを嗅がれて興奮している。いやらしすぎる女である。

（こんなことしたら、どうだ？）

竜一郎は舌を伸ばし、可憐にすぼまったアヌスを、ペロリと舐めた。

「あうううーっ！」

月子がひときわ甲高い悲鳴をあげた。竜一郎はアヌスを舐めながら、振動するヘッドをクリトリスにあてがった。

「ああっ、いやっ……あああっ、いやあああっ……」

いやいやと言いつつも、月子は感じていることを隠しきれない。

竜一郎は月子のアヌスを舐めながら、クリトリスに電マのヘッドをあてがっている。といっても、下着の上からだ。パンティとストッキング、二重のガードがあるにもかかわらず、月子は乱れていくばかりなのである。

（いったいなんなんだ、ちくしょう……）

不意に苛立《いらだ》ちがこみあげてきた。

精力に自信がないならラブグッズを使えばいいと、月子は言った。

なるほど、それもひとつの正解なのかもしれないが、たかが大人のオモチャにこれほどの威力があるというのが納得いかない。男のプライドを潰されたようで面白くない。

（こんなドスケベな人妻、ラブグッズなんて使わなくても乱れさせることができるんじゃないか？）

竜一郎は電マのスイッチを切り、ベッドに放り投げた。月子の膝を折って、ベッドに載せた。立ちバックの体勢から四つん這いに移行して、パンティとストッキングを太腿までずりさげた。

尻の桃割れの中心に、アーモンドピンクの花が咲いた。その上には、唾液で濡れ光っている可憐《かれん》なすぼまり。身震いを誘うような光景だったが、いまは眼福を味わっている場合ではない。ラブグッズなんかに頼らず、生身の愛撫でこの人妻を乱れさせるのだ。

竜一郎は闘志を燃やしながら、左右の中指を口に含んだ。唾液をたっぷりとまとわせて、人妻のヒップに襲いかかっていく。

「あああっ……」

左手を上に向け、中指でクリトリスをいじりはじめる。右手の中指は、女の花だ。花びらの合わせ目からは匂いたつ蜜があふれだし、指に唾液をつける必要などなかったほどヌルヌルしている。

合わせ目を何度かなぞってから、ずぶりっと中指を入れた。

「あううっ！」

月子の中は、熱かった。締まりもいい。軽く攪拌しただけで、蠢《うごめ》く肉ひだが指にからみつき、吸いついてきた。

竜一郎はゆっくりと指を抜き差ししはじめた。奥まで濡れているので、指はとてもスムーズに動く。

それでも刺激はあるようで、四つん這いになっている月子の体は小刻みに震えだした。

竜一郎は指を出し入れさせながら、クリトリスをねちっこくいじった。さらに薄紅色のアヌスも舐めはじめる。女の急所、三点同時攻撃である。自慢するほど女性経験があるわけではないが、いままでこれをやってイカせられなかった女はいない。

月子もハアハアと息をはずませはじめた。身をよじる動きがどんどん切羽つまっていき、あえぎ声もとまらなくなっている。

「はっ、はぁうううううーっ！」

肉穴に埋めた指を鉤状に折り曲げると、獣のような咆哮《ほうこう》を放った。指先にあたっているのは、上壁にあるざらついた凹《へこ》み——Gスポットである。

「ああっ、いやっ……いやいやいやああっ……」

ギアを一段あげたように、月子が乱れはじめる。

3

（どうだ？　これでイカなかった女は、いままでいないんだぞ……）

竜一郎は四つん這いになっている月子の後ろに陣取り、アヌス、肉穴、クリトリスの三点同時攻撃に没頭していた。

ラブグッズなんかに頼らなくても女をイカせることくらいできる、と男のプライドがメラメラと燃えている。

「ああっ、いやっ……あああっ、いやあああっ……」

排泄器官まで舐めまわされている月子は、羞《は》じらいに身をよじりながらも、もはや肉の悦びに溺れきっている。女の急所三点の中でも、とくにGスポットが感じるようで、鉤状に折り曲げた指を引っかけるように抜き差しすると、髪を振り乱してあえぎにあえいだ。ぬんちゃっ、ぬんちゃっ、というリズムに合わせていやらしいほど腰をくねらせ、シーツをぎゅっと握りしめる。

このまま絶頂に導けるという手応えを、竜一郎は感じていた。あえぎ声がわんわん部屋中に響いている。

ところが、いまにもイキそうなのに、月子はなかなかイッてくれなかった。肉穴からポタポタと発情のエキスをしたたらせつつも、どういうわけか絶頂には達しない。

となれば、奥の手を出すまでだった。肉穴に入れている指は、現在のところ中指だけだ。人差し指も加えて二本指にし、中から蜜を搔きだすようにして抜き差ししてやる。

「はっ、はぁおおおおおおおおおーっ！」

月子は背中を反らせて、野太い悲鳴を放った。まるで獣の咆哮のようだったが、彼女の下半身には中途半端に脱がされたパンティとストッキングが残っているし、白いハイヒールまで履いている。激しいギャップに興奮せずにはいられない。

「はぁおおおーっ！　はぁおおおおおーっ！」

獣じみた悲鳴を放ちつづける月子が、感じているのはあきらかだった。指を一本から二本にしたのだから、快感が倍増していてもおかしくない。にもかかわらず、いっこうにイッてくれないので呆然《ぼうぜん》としてしまう。

竜一郎が愛撫をいったん小休止すると、

「ううう……あっ、あのうっ……」

月子が振り返り、濡れた瞳で見つめてきた。

「ヴァイブを入れてもらえませんか？」

「なっ、なんだって……」

竜一郎は自分の耳を疑った。

「指より太いものが、欲しくなっちゃいました……」

美熟女が羞じらいながらおねだりしてくる姿はいやらしかったが、竜一郎はショックに卒倒してしまいそうだった。

（俺の愛撫が……通じなかったってことか……）

そんなことを断じて認めるわけにはいかなかった。まだ本気を出していないだけだと胸底でつぶやき、月子の足からハイヒールを脱がせた。さらにパンティとストッキングを爪先から抜いて、一糸まとわぬ丸裸にしてしまう。

(後ろからが通じなくても、まだ前がある。そうさ。バッククンニは変化球だからな……)

竜一郎は月子をあお向けにすると、両脚をM字に割りひろげ、そのまま背中を丸めこんだ。マンぐり返しの体勢である。

「ああっ、こんな……恥ずかしいです……」

月子はせつなげに眉根を寄せたが、嘘つけ！　と竜一郎は胸底で吐き捨てた。クンニの途中でヴァイブをおねだりする女が、マンぐり返しを恥ずかしがるなんて、辻褄《つじつま》が合わない。

竜一郎は月子の顔と股間を交互に見た。顔が清楚なのは知っていたが、股間まで清らかなことに驚いてしまう。

黒い草むらが生えているのは恥丘の上だけだし、しかも流麗な小判形なのがエレガントだ。肉穴を二本指で掻き混ぜていたにもかかわらず、アーモンドピンクの花びらは行儀よく口を閉じて、魅惑の縦一本筋を見せつけてきた。

「むうう っ……」

竜一郎はマンぐり返しでのクンニを開始した。

まずは花びらの合わせ目を、舌先で丁寧になぞっていく。下から上へ、下から上へ、さらに包皮から半分ほど顔を出している珊瑚色《さんごいろ》に輝く肉芽を、舌の裏側でレロレロと舐めまわす。尖ったクリトリスがみずから包皮を剝ききって、ぷるぷると震えだす。

「ああっ、いやっ……いやあああっ……」

月子は清楚な美貌を真っ赤に染めあげ、しきりに首を振っている。

バッククンニのときとは、あきらかに反応が違った。どう見ても恥ずかしがっていた。さしもの『人妻相談室』の相談員も、マンぐり返しは恥ずかしいらしい。女の花とよがり顔を、同時に見られるのだから……。

チャンスだった。

恥ずかしさの向こう側にお宝が隠されているのが、セックスというものである。羞恥心をもっと煽ってやれば、ヴァイブを欲しがる人妻を、舌だけでイカせることができるかもしれない。

「いい格好ですよ、奥さん……」

竜一郎はささやきながら、月子の両足首をつかんだ。そこに性感帯があることは、先ほど確認済みだった。アキレス腱からふくらはぎにかけて、さわさわっ、

さわさわっ、とフェザータッチで撫でてやる。

「くっ、くぅううっ……」

月子は悔しげな眼つきで睨んできた。性感帯をズバリあてられて悔しいのだろう。しかし、羞じらいを忘れてしまうほど感じるからこその性感帯である。さわさわっ、さわさわっ、とフェザータッチでの愛撫を繰り返すと、尻がもじもじと動きだした。

「すごい濡れ方ですよ」

あふれてきた新鮮な蜜を、じゅるっと音をたてて啜ってやる。

「まったくびっくりしちゃうなあ。清楚な顔して、こんなにドスケベのド淫乱だったとは思いませんでしたよ」

「いっ、言わないでっ……ああっ、言わないでくださいっ……」

いやいやと首を振る月子は、もう耳まで真っ赤に染めている。

「僕は妻が好き者で困ってますけど、奥さんのご主人もお困りなんじゃないですかね。こんな性欲モンスターが家にいたら……」

「はっ、はぁうううううううーっ！」

花びらを口に含んでしゃぶってやると、月子はラブホテルの部屋中に響くあえぎ声をあげた。

竜一郎は熱烈に花びらをしゃぶりながら、右手の中指でクリトリスをいじった。包皮を被せては剝き、剝いては被せる。それをしつこく繰り返す。

左手が空いていた。タプタプと揺れはずんでいる乳房の先端に伸ばしていき、乳首をひねりあげてやる。

「くっ、くぅううっ……くぅううう━っ！」

月子はひいひいと喉を絞ってよがり泣いた。首筋まで真っ赤にしているのに、まだよがり方に遠慮があるような気がする。羞じらいを捨てきれていない。

竜一郎は割れ目に唇を押しつけ、肉穴の奥に舌を差しこんだ。薔薇《ばら》のつぼみのように渦を巻いている肉ひだを掻き混ぜつつ、ぶるぶるっ、ぶるぶるっ、と首を左右に素早く振る。

クリトリスと乳首への刺激も、根気よく続けていた。快楽の波状攻撃に、月子は息をとめて歯を食いしばっている。喜悦《きえつ》を嚙みしめるように、宙に浮いた足指をぎゅっと丸める。

「イキそうなんでしょ、奥さん……」

竜一郎はニヤリと笑った。

「くぅうっ……ダッ、ダメッ……もうダメッ……」

マングり返しでのクンニを受けて、月子はついに陥落した。清楚な美貌を蕩けさせ、いまにも泣きだしそうな眼つきでこちらを見ている。

「イッ、イッちゃうっ……月子、もうイッちゃいますっ……」

「思いきりイッてくださいよ」

「ああっ、イクウウッ……月子、もうイッちゃうっ……イクイクイクッ……オッ、オマンコ気持ちいいーっ！」

もはや完全に忘我《ぼうが》の境地なのだろう、卑猥な四文字まで絶叫し、アクメへの階段を全速力で駆けあがっていった。

4

（ククククッ、なんとか男の面目は保てたな……）

竜一郎は喜悦の痙攣がおさまらない月子の体から、手を離した。勝った、と心の中でガッツポーズだ。ラブグッズになんて頼らなくても、自分にもまだ女を満足させることができるようだ。

男のプライドは満たされたものの、問題が解決したわけではなかった。

相手は初めて会ったばかりの清楚な美熟女。白いワンピースに真っ赤なランジェリーを透けさせていることに気づいただけで勃起してしまったほど、濃厚な色香の持ち主である。

そんな彼女であればこそ、念入りに愛撫することができたけれど、古女房にも同じことができるとは思えない。妻のことは愛しているが、下着姿を見ただけで心が躍るような新鮮さはとっくに失われている。

となると、やはりラブグッズの補助は必要な気がした。効率的にイカせることができればそれに越したことはないし、妻にとっても刺激的に違いない。

「あのう……」

ヴァイブも試してみていいかと声をかけようとすると、月子が四つん這いでこちらに近づいてきた。貪欲さも人並み以上だったが、回復力もそうらしい。膝立ちになっている竜一郎の前まで来ると、悩殺的な仕草で長い髪をかきあげ、ねっとりと潤んだ瞳を向けてきた。

「今度はわたしの番ですね。舐めさせてください」

いやいやいや……と竜一郎は胸底でつぶやいた。ラブグッズを使ったセックスを教えてもらうためにベッドインしたのに、フェラチオをされるのは筋が違う気がする。

しかし、四つん這いの月子は、こちらの股間に顔を近づけてくる。ブリーフをめくりおろされ、女の細指がペニスにからみついてくると、

「むうう……」

竜一郎は膝立ちのまま、したたかに腰を反らせた。竜一郎は勃起していた。痛いくらいだった。クンニのお礼にフェラをしてくれようとしている人妻の誠意を押し返せるほど、冷静な精神状態ではなかった。

「ぅんあっ……」

月子は上品な唇を0の字にひろげて、亀頭をぱっくりと咥えこむと、ねちっこくしゃぶりあげてきた。口が小さいのか、あるいは吸引力が強いのか、やたらと密着感があるフェラチオに、竜一郎は気が遠くなりそうになった。

「立派なオチンチンですね。硬いし、太いし……」

月子は上目遣いでささやいては、チロチロ、チロチロ、と裏筋を舐めてきた。

「わたし、これ欲しいな。クンニも気持ちよかったけど、太いので思いきりイカせてほしい……」

「抱けということですか？」

竜一郎が興奮に身震いしながら言うと、

「ダメなの？」

月子は甘えた声で返し、唾液にまみれたペニスで、ピターン、ピターン、と自分の双頬を叩いた。

「こんなに硬くなってるなら、できるでしょう？　中折れしたらそのときはそのときで、『人妻相談室』の相談員として、精いっぱいフォローしますから……」

上品な唇が、再び亀頭を咥えこんでくる。

「むうっ……そっ、そう言われても……」

竜一郎は苦りきった顔になった。

ラブホテルの一室に案内されたときから誘われる予感はしていたが、セックスだけはしないつもりだった。

事後の料金請求や美人局《つつもたせ》が怖かったからではない。

こう見えて、愛妻家だからである。愛しているからこそ、夫婦間の性欲格差に悩み、恥を忍んで身の下相談なんてしたのだ。浮気がしたいだけなら、最初から風俗店に行っている。

とはいえ、誘われたシチュエーションは、フェラをされながらだった。はちきれんばかりに硬くなったペニスを、清楚な人妻に舐めしゃぶられていた。

クンニで一度イッた月子は、もはや完全に発情しきっているようで、「むほっ、むほっ」と鼻息を荒らげてペニスをしゃぶりあげている。唾液まみれにした肉の棒を清楚な美貌で頬ずりし、扇情と挑発を繰り返す。

「ねえ、いいでしょう？　この硬くて太いオチンチン、月子のオマンコに入れて……いっぱい突いて……」

眉根を寄せたいやらしい顔でねだられ、竜一郎はグラッときたが、

「ダッ、ダメなんだ！」

心を鬼にして叫んだ。

「最後までは……挿入だけはできない。妻のために身の下相談をしたのに浮気をしたんじゃ、ミイラ取りがミイラじゃないか」

「最後の一線だけは越えないんですね？」

「申し訳ないが……」

「いいです」

月子はまぶしげに眼を細めて言った。

「そういう誠実な男の人、わたし好きですから」

「わかってくれるかい？」

「ええ……」

月子はうなずきつつ、ベッドに転がっていたヴァイブを手にした。

「でも……わたし、どうしても太いのが欲しいから、これを入れます」

月子が持っているヴァイブは、ずいぶんとスタイリッシュなデザインだった。ペニスを模しているのではなく、皮を剝いたバナナのような形で、色は落ちついたピンクベージュ。

月子はそれを何度かしゃぶって唾液を付着させると、本当に入れたようだった。四つん這いでこちらを向いているので入れているところは見えなかったが、清楚な美貌が淫らに歪んだ。

「ああっ……やっ、やっぱりっ……やっぱり、太いの気持ちいいっ……」

自慰で身をくねらせながら、潤みきった瞳で竜一郎を見つめる。右手でヴァイブを操りながら、左手でペニスをつかみ、しこしことしごいてくる。

竜一郎は唖然としていた。妻も性欲が強いほうだと思うが、月子に比べれば可愛いものかもしれない。彼女こそ正真正銘の性欲モンスターだ。

「あっ、あのう……」

恐るおそる声をかけた。

「よかったら、僕がヴァイブを使いましょうか？」

そもそもそれが目的だったはずだが、

「ううん、大丈夫」

月子はきっぱりと首を横に振った。

「太いのも欲しいけど、フェラもしたいの。オチンチンがふやけるほど舐めてあげたいの。だからここにいて……ぅんあっ！」

月子が涎《よだれ》まみれの唇でしゃぶってくる。先ほどとは口内の感触が変わってきた。唾液の分泌量が尋常ではない。

じゅるっ、じゅるるっ、と音をたて、月子は唾液ごとペニスをしゃぶりあげた。唾液の分泌量が増えたのは、同時にオナニーし、発情しきっているからに違いなかった。

（そっ、それにしても、すごいな……）

自分の人生にこれほど淫らな瞬間が訪れるとは夢にも思っていなかった。

膝立ちでフェラチオくらいはされたことがあるが、四つん這いでペニスを咥えている美熟女が、ヴァイブを使ってオナニーまでするなんて……。

喜悦に身をよじるほどに、しゃぶり方も情熱的になっていき、清楚な美貌はもう、汗と唾液でドロドロになっている。

まったくいやらしい女だった。もしかすると『人妻相談室』の相談員とは、相談に来た男とどさくさにまぎれて寝てしまおうという、よこしまで欲求不満な人妻ばかりなのかもしれない。

「わっ、わたし、もうイキそうです……」

月子が興奮に上ずった声で言った。

「でも、自分でしてるから……タイミングは調整できますから……一緒にイキましょう」

「むむむっ……」

竜一郎は言葉を返せなかった。顔が熱くてしかたなかった。鏡を見たらきっと、茹《ゆ》で蛸《だこ》のように真っ赤な顔をしている自分と対面できるに違いない。

「どこに出しますか？」

月子が訊ねてくる。訊ねながらも、腰をくねらせ、尻を振っている。

「顔にかけますか？　それとも飲んだほうがいい？」

竜一郎は身震いがとまらなくなった。

顔面シャワーもごっくんも、四十二歳のいままで経験したことがない。

妻は性欲が強いくせに、妙にプライドが高くて、そういうプレイには応じてくれないのである。みずから申し出てきた月子は、本当に気遣いができる女だった。妻には爪の垢でも煎じて飲んでほしい。

「りょ、両方でもいいでしょうか？」

遠慮がちに訊ねた。

「最初のドピュッは顔にかけさせてもらって、残りを思いきり吸ってもらえれば嬉しいですが……」

我ながら図々しい申し出だと思ったが、おそらくこんなチャンスは二度と訪れることがないだろう。ならば、両方経験してみたい。清楚な美貌を自分のザーメンで汚してもみたいし、射精しながら鈴口を吸われ、出したものも全部ごっくんしてほしい。

「いいですよ」

月子は妖艶に微笑んだ。

「わたし、欲張りな男の人、大好き……」

左手でペニスの根元をしごきながら、舌を躍らせて亀頭を舐めまわしてくる。

しゃぶり方もうまい女だが、舐め方も素晴らしかった。男の快感のツボをしっかりと押さえている。裏筋をチロチロとくすぐっては、鈴口を吸ってくる。カリのくびれは念入りに、舌の裏表を器用に使いわけて愛撫してくれる。

射精がしたかった。最近中折れが多いので、これほど射精を欲したのは、本当に久しぶりと言っていい。

しかし……。

「ああっ、イッ、イキそうっ……月子、もうイッちゃいますっ……だっ、出してっ……精子思いきり顔にかけてっ……がっ、我慢できないいいーっ！」

月子が四つん這いの体をくねらせてオルガスムスに駆けあがっていっても、竜一郎は歯を食いしばって射精をこらえてしまった。

妻の顔が脳裏をよぎったからではなかった。そうではなく、我慢できないのはこちらのほうだと言いたかった。それこそまさに、竜一郎の心の叫びだった。

月子が欲しくなってしまったのである。

5

ヴァイブで絶頂に達した月子は、うつ伏せに倒れ、肩で息をしていた。

竜一郎は膝立ちのまま、彼女の後ろにまわりこんでいった。

太腿の間にピンクベージュのヴァイブが落ちていた。思わず自分のペニスと比べてしまう。洗練されたデザインのせいか、それほど大きくなかった。竜一郎のペニスと同じくらいか、こちらがやや優勢なくらいだ。

こっそり安堵しつつ、月子の腰をつかんだ。四つん這いにうながしていくと、

「えっ？」

月子が驚いた顔で振り返った。呼吸はまだ整っていない。

「最後の一線は守ります」

竜一郎は勃起しきったペニスを握りしめ、切っ先を濡れた花園にあてがった。イッたばかりのせいか、亀頭に感じる粘膜がひどく熱い。

「接して漏らさず、というやつですよ。入れても射精しなければ、妻を裏切ることにはならない」

我ながら、都合がよすぎる屁理屈だと思った。射精をこらえる自信もまったくなかったが、とにかく月子を貫きたくて、辛抱たまらなくなってしまった。

「いきますよ……」

ぐっ、と腰を前に送りだすと、女の割れ目に亀頭が沈んだ。よく濡れているせ

いで結合はスムーズだったが、ずぶずぶと奥に入っていくほどに、締まりがよくなっていった。締まりというか、中の肉ひだの吸着力がすごい。

ずんっ、と最奥《さいおう》まで突きあげると、

「はっ、はぁうううううーっ！」

月子は自慰のときより何倍もいやらしい悲鳴をあげた。

熟女らしくくびれた腰を両手でつかみ、竜一郎はすかさずピストン運動を送りこんだ。

普段なら、そんなことはしない。結合してから一分くらいは動かないで、キスをしたり乳房を揉んだりして性器同士を馴染ませるのだが、クンニと自慰で二度もイッている月子に遠慮は無用だろう。いや、なにより、竜一郎のほうが動かさずにいられなかった。

パンパンッ、パンパンッ、と尻を鳴らして連打を放つと、月子は四つん這いの身をよじって、ひいひいと声をもらした。

自慰でイッたばかりだから、膣が敏感になっているのかもしれない。わかっていても、竜一郎は容赦なく突きあげた。彼女のようなドスケベな人妻が、ちょっとばかし膣が敏感なくらいで音《ね》をあげるわけがない。

「ああっ、もっと……もっとちょうだいっ！」

予想は的中し、一分もしないうちに、月子は獣のようによがりはじめた。

しかも、

「ねえ、お尻をぶって！　ぶってちょうだい……」

そんないやらしすぎるおねだりまでしてきたので、竜一郎は腰を振りたてながら、右の手のひらにハーッと熱い吐息を吹きかけた。スパンキングプレイなんてAVでしか見たことがないが、丸々と張りつめた月子の尻は叩き甲斐がありそうだった。

スパーンッ！　と尻丘を叩いてやると、

「はっ、はぁうううううううーっ！」

ひときわ甲高い声をあげ、ぶるぶるっと身震いした。

「むううっ……」

竜一郎は顔面を熱く燃やして唸《うな》った。尻丘を叩いた瞬間、肉穴がぎゅっと締まったからだ。

「むううっ！　むううっ！　むううっ！」

額に浮かんだ汗が眼の中に流れこんできても、竜一郎は拭《ぬぐ》いもせずに腰を動かしつづけた。

バックスタイルの女を、こんなにも夢中になって突きあげた記憶はない。竜一郎は基本的に、バックがあまり好きではない。正常位のほうが体勢が楽だし、スタミナの消費も少なく、キスをしたり、乳房を揉んだり、小休止のアイテムも各種取り揃っているからだ。

しかし、いまの状態では、夢中にならずにいられなかった。パンパンッ、パンパンッ、と月子の尻を鳴らして、怒濤の連打を送りこみながら、時折スパーンッと尻丘を叩く。

もともと感度が高いのだろうが、尻を叩くと月子のリミッターははずれ、よがりによがる。

竜一郎は生まれて初めて経験するスパンキングプレイに感嘆していた。女の尻を叩いてなにが面白いのだろうと思っていたが、こんなにも気持ちがいいものだったなんて……。

「ああっ、もっと……もっとぶって……」

右の尻丘はもう真っ赤に腫れあがっているので、左手で左の尻丘を、スパーンッと叩く。

「はぁあああああーっ!」

気持ちよすぎたのか、あるいは衝撃に対する条件反射か、叩いた瞬間、月子は上体を起こした。

竜一郎にとっては望むところだった。さすがに呼吸が苦しくなってきたので、乳房を揉みながら少し休みたかった。

後ろから双乳をすくいあげ、ぐいぐいと指を食いこませた。月子が振り返ったので、上品な唇に吸いついた。舌と舌をねっとりとからめあい、唾液に糸を引かせる。ピッチはかなり落としたが、腰は動かしつづけている。

「あああっ……あああああっ……」

月子がにわかに切羽つまった顔になった。彼女が上体を起こしたことで、結合の角度が変わったのだ。ペニスの先端が、気持ちのいいところにあたっているようだった。

そうなると、いつまでものんびり休憩しているわけにはいかなかった。

後ろから体を密着させた体勢で、竜一郎は腰を動かすピッチをあげた。連打を放つような感じではなく、深く入れたままペニスをぐりぐりと押しつけてやる。

「あああっ、ダメッ……ダメようっ……」

月子が振り返り、いまにも泣きだしそうな顔を向けてきた。

「そこはダメッ……感じすぎるっ……わたし、またイッちゃいそうっ……イッ、イッちゃいますっ……」

竜一郎は渾身の力をこめて、ペニスの先端で最奥をぐりぐりした。もはや、体ごと突きあげるような勢いだった。

「あおおおっ……きっ、気持ちよすぎるっ……イッ、イクッ……イクウウウウウッ……はぁああああーっ！」

月子は三度目の絶頂に達したようだった。あまりに勢いよく腰をビクビクと跳ねさせたので、結合がとけた。次の瞬間、異変が起こった。

「いっ、いやああああああーっ！」

月子の両脚の間から、ポタポタとなにかがしたたった。すぐにそれは一本の放物線となり、シーツに水たまりをつくっていく。

失禁してしまったのである。

「ああっ、いやっ……いやいやいやっ……」

ドスケベな美熟女も、さすがに羞じらった。口から放たれる悲鳴を羞恥色に染めあげて、いやいやと身をよじる。

（すげえな……すごすぎるよ……）

竜一郎は激しく興奮した。

気持ちがよすぎてお漏らししてしまうなんて、いったいどこまでいやらしい人妻なのだろう。ほのかに漂ってくるアンモニア臭も気にならず、逆にそれが興奮の炎に注がれる油となって、燃え狂わずにはいられなかった。休んでいることなんて考えられない。

6

「こっ、今度は奥さんが上になってくださいよ……」

騎乗位でまたがってくるようにうながすと、月子は顔を伏せ、長い睫毛《まつげ》を震わせた。紅潮《こうちょう》した横顔から、羞じらいばかりが伝わってくる。

バックから突きまくられて、失禁してしまったばかりだった。騎乗位となると、また恥をかきそうだと思ったのかもしれないが、竜一郎も騎乗位だけは譲れなかった。

若いころはあまり好きな体位ではなかったが、中年になってその恍惚に目覚めたのだ。とくに妻の性欲が強まってからは騎乗位で夫婦生活を営む機会が多くなり、後学のためにも、月子がどんなふうに腰を振るのか見ておきたい。

「わたし……」

月子は親指の爪を嚙みながら、上目遣いでじっとりと見つめてきた。

「騎乗位がいちばん好きというか……いちばん乱れちゃうんですけど……それでもいいですか？」

「もっ、もちろん……」

うなずいたものの、失禁してしまったバックスタイルより乱れるのかと思うと、竜一郎はにわかに緊張した。

「失礼します……」

あお向けになった竜一郎に、月子がまたがってくる。そそり勃ったペニスにそっと手を添えると、片膝を立てた。なにしろ顔立ちが清楚なので、そんな姿にさえ気品を感じる。

ペニスの切っ先が、濡れた花園にあてがわれた。粘膜が先ほどより熱くなっていたが、ペニスのほうがそれよりも熱く、ズキズキと脈動を刻んでいる。おそらく火柱のようになっているはずで、それで貫かれる女の心境やいかに……。

「んんんっ……」

月子は片膝を立てたまま、ゆっくりと腰を落としてきた。アーモンドピンクの花びらの間に、亀頭がずぶっと突き刺さる。

いやらしすぎる光景に、竜一郎の息はとまった。月子も月子で息をとめていた。せつなげに眉根を寄せて腰を最後まで落としきると、

「あああっ……」

喜悦に歪んだ声とともに、溜めこんでいた息を一気に吐きだした。

あらためて結合の感触を嚙みしめているらしく、動きだす前に眉間の縦皺がどんどん深くなっていく。

普通なら……。

女は腰を動かしはじめる前に、立てている片膝を前に倒すはずだった。

しかし、月子は真逆の行動に出た。倒しているほうの片膝を立てて、竜一郎の腰の上でM字開脚を披露したのである。

（うおおおっ……）

衝撃的な光景に、竜一郎は息を吞んだ。こういう体位で繫がったことがないわけではないが、清楚な美貌とギャップがありすぎて、興奮の身震いが起こる。

月子が腰を動かしはじめる。そのやり方も、竜一郎の予想を軽々と裏切る、い

やらしすぎるものだった。

女が騎乗位で両膝を立てている場合、上下に動くのが一般的だと思う。女の割れ目を口唇のように使い、咥えこんだペニスをしゃぶりあげる要領である。

月子は前後に動きはじめた。ペニスを深く咥えこんだまま、股間をぐりぐりとこすりつけてきた。

「ああっ、いいっ！」

ぎゅっと眼をつぶって半開きの唇を震わせている彼女は、どうやら肉穴の深いところをぐりぐりするのが、たまらなく好きなようだった。バックスタイルのときも、それで果てた。

「あっ、あたってるっ……いちばん奥に、あたってるうううーっ！」

絶叫しながら、動くピッチをどんどんあげていく。股間をこすりつけるように前後に振れば、ずちゅっ、ぐちゅっ、と粘っこい音がたちはじめる。

（これは……エロすぎるだろ……）

最初は月子の迫力に圧倒されていた竜一郎も、次第に頭が回転しはじめた。彼女は騎乗位に夢中になっている。あふれる蜜はもう、竜一郎の陰毛までぐっしょりと濡らしている。

おそらく、このまま放っておいても、遠からず絶頂に達するだろう。

だが、それでは面白くない。せっかく性器を繋げているのに、置いてけぼりを食らったままでは、男の沽券《こけん》に関わる。女が勝手に腰を振り、勝手にイクなんて、そんなものはセックスではない。

（……そうだ）

ベッドの上に転がっている小型の電マが眼にとまった。これを使えば、月子はさらに乱れるのではないだろうか？

手を伸ばしてつかみ、スイッチを入れると、

「いっ、いやっ……」

月子の顔がひきつった。電マの脅威に瞳を凍りつかせているのに、腰の動きはとまらない。両脚もM字に開いたままなのが、ドスケベ人妻の面目躍如《めんもくやくじょ》である。

「そっ、それはやめてっ……許してくださいっ……」

もちろん、許すわけがなかった。ブーン、ブーン、と振動する電マのヘッドを、無防備にさらけだされているクリトリスに押しつけた。

「はっ、はぁうううううううーっ！」

月子は喉を突きだし、豊満な乳房をタプタプと揺らした。

「ダッ、ダメッ……ダメですっ……そんなことしたらっ……そんなことしたらすぐイッちゃうっ……」

すでに三回もイッているのだから、遠慮なくイケばいいじゃないか、と竜一郎は内心でほくそ笑んだ。

ただ、電マの威力は相当なようで、清楚な美貌がみるみる真っ赤になり、耳や首筋まで同じ色に染まっていった。

竜一郎は手応えを感じていた。ただイカせるだけではなく、もしかすると連続絶頂モードに追いこめるかもしれない。

「ああっ、いやっ……またイクッ……月子、イッちゃいますぅーっ！　はぁおおおおおーっ！　はぁおおおおおーっ！」

ビクンッ、ビクンッ、と腰を跳ねさせて、月子は恍惚の彼方《かなた》にゆき果てていった。竜一郎は電マをいったん彼女の股間から離した。それでも、ぶるぶるっ、ぶるぶるっ、という女体の痙攣が、ペニスを通じて竜一郎にも伝わってくる。

たまらなかった。

月子は完全にイキきると、再び腰を動かしはじめた。なんという貪欲な女なのだろう。だが、イクほどに、肉の悦びを嚙みしめるほどに、月子の色香は濃厚になっていく。女が燃えれば男も燃える。必然的に、竜一郎の興奮もレッドゾーンを振りきっていく。

「あううううーっ！」

再びクリトリスに電マのヘッドをあてがうと、月子は髪を振り乱してよがりによがった。

「ああっ、いやよっ……それはダメッ……それはダメえええぇーっ！」

もはや言動が完全に一致していなかった。

「それをされると、またイッちゃうっ……すぐイッちゃうっ……続けてイッちゃうーっ！」

よがる月子を見上げていると、竜一郎の脳裏にはある想念が浮かんできた。

もしかすると、これが月子の伝えたかった、ラブグッズを使ってのセックスなのかもしれない。てっきりこちらが一方的に電マやヴァイブで責めるものだと思っていたが、これなら夫婦生活にも応用できそうだ。

「ああっ、イクッ！　月子、イキますっ！」

潤みきった瞳でこちらを見つめながら、月子はM字に開いた両脚の中心を、ぐりぐりとこすりつけてきた。

第五章　相談員を初体験

1

暮れなずむピンク色の空を見上げながら、

「ホントに相談に来る人なんているのかしら……」

純菜《じゅんな》は溜息まじりに独りごちた。

ここは酒場の灯りもまばらな繁華街のはずれ、目の前には西洋の城を模《も》したラブホテル〈ロマンス〉がそびえ立っている。

その一階にある『人妻相談室』は、手書きの貼り紙に「無料でご相談」「身の下相談、大歓迎」なんて書いてあるけれど、いかにもあやしげというか、胡散《うさん》くさいというか、うっかり足を踏み入れたら最後、怖いおにいさんに囲まれて身ぐるみ剝がれそうな雰囲気である。

しかし、世の中には警戒心の薄い男も多いようで、ひと晩に五、六人の相談者が訪れるというから驚きだった。〈ロマンス〉二階の一室が相談員である人妻たちの待機所になっていて、一階にいた相談員が客と消えてしまうと、新たな相談員が一階に向かう。

純菜は〈ロマンス〉のオーナーだった。祖父の代から続いているラブホテルなのだが、跡を継いだ父親が最近病に伏してしまい、純菜が三代目の経営者となった。建物は古く、あからさまに昭和のムードが漂っていて、純菜は「こういうホテルはもう流行らないんじゃないの？」と言ったのだが、

「うちみたいなところが好きなお客さんもいるんだよ。ただでさえ高齢者がノスタルジーに浸る場所がなくなっているんだから、俺が生きているうちはいままで通り営業してくれないか」

病床の父親に頭をさげられてしまい、純菜は渋々引き受けた。世間からはいかがわしい商売と思われているラブホテル経営でも、その売上のおかげで自分のおしめ代から学費までをまかなってもらったと思うと、無下《むげ》に扱ってはバチがありそうな気がした。

問題は、お客がほとんど来ないことだった。現在三十五歳の純菜が生まれる前、昭和の終わりから平成にかけては、連日満室だったらしいが、令和のいまは

ギラギラしたラブホテルなんて敬遠される。古いラブホテルにノスタルジーを覚える層もたしかに存在するのだろうが、そういう人たちは少なくなっていく一方だから、将来性もまったく見込めない。

「まいっちゃうわよ、ホント。営業してても、ひと晩に来るお客さんがひと組かふた組なんだもん。清掃のパートさんも雇っていられなくなって、いまじゃわたしが掃除してるんだから……」

大学時代の友人たちとの女子会で愚痴をこぼすと、

「わたし、興味あるなあ、古いラブホテル」

意外な答えが返ってきた。

「学生時代だったらあり得ないけど、三十代も半ばになるとさ、逆にそういうところのほうが燃えちゃうような気がする」

「行ったことないなあ、ギラギラのラブホテルなんて」

「わたしも……ねえ、純菜、今度一度、見学させてよ」

「行こう、行こう、みんなで大人の社会科見学」

「いいけどさ……」

見学じゃお金は取れないなと思いながら、純菜は了解した。子供のころは実家がラブホテル経営をしていることが恥ずかしかったが、いまとなってはビックリ箱の中をのぞかせるようで、ちょっとだけうきうきした。

数日後、一行がやってきた。十人もいたので驚いてしまった。女子会にいなかった女たちにも声をかけたらしいが、そんなにラブホテルが珍しいのか？　と純菜は内心で首をかしげていた。

「うわー、大人のオモチャの自動販売機がある！」

「いまはラブグッズっていうらしいよ」

「格好つけた呼び方してても、やることは一緒でしょ」

「電マってさ、元はマッサージ器のつもりで売りだされてたんだよね？　誰が最初にオナニーに使ったんだろう？」

「ＡＶ発信じゃないの？」

「女がオナニーに使ったのが最初じゃなくて、男が愛撫するのに使ったのか、潮吹かせたり……」

三十代半ばの女が集まれば、トークの内容も露骨で赤裸々だった。みんな若いころから発展家だったから、その程度のことで純菜は驚かなかったが……。

純菜も含め、その場にいた女はみな、大学時代、同じサークルに所属していた。イベントサークル、通称イベサーだ。

はっきり言って、男と女が出会うために存在するような、チャラい軟派なサークルである。合コンもどきの飲み会はもちろん、夏は海でマリンスポーツを楽しみ、冬は雪山までスキーに出かける。もっとも、マリンスポーツやスキーは口実で、参加者たちの目的は恋愛、あるいは不純異性交遊である。

男子もヤリチンが多かったが、女子だって負けていなかった。男子の前ではなにも知らないような顔をしていても、女子同士になるとのけぞるような話がバンバン出てきた。

極端な恋愛体質の子もいれば、二股、三股が当たり前の子もいたし、道徳心が欠如していて、他人の彼氏を奪うことに執念を燃やす不届き者までいた。

彼女たちには共通する特徴があった。アイドル系、モデル系、女優系——タイプは違えど、容姿がいいことだ。いくら遊びたくても、ヴィジュアルに難があっては男から声はかからない。自慢ではないが、純菜も若いころはかなりモテるほうだった。中学生のころは芸能事務所のスカウトに何回か声をかけられたし、女子高生時代にはコクられたことが三十回以上もある。

とはいえ、大学一年の夏から付き合いはじめた先輩と大恋愛のすえ、大学三年の春に大失恋してしまい、そのダメージから立ち直れないまま卒業になったので、まわりの女たちほど遊べなかった。清純派ぶるわけではないけれど、大学時代に肉体関係を結んだのはその彼ひとりだけだった。

所属していたイベサーの中で、そういうタイプはかなり珍しい。大学の四年間で、みんなだいたい両手で数えきれないほどの男と寝ている。咎《とが》めるつもりはまったくない。自分たちは当時、性に対して興味津々《しんしん》で、ベッドでのあれこれがなにもかも新鮮だった。

ただ、大学時代イケイケだった彼女たちも、二十代半ばから後半にかけて結婚するようになると、すっかり落ちついてしまった。

子供ができた人も、DINKs《ディンクス》で仕事に励んでいる人も、収まるところに収まった感じだった。「遊ぶべきときにしっかり遊んで、結婚したら真面目にならなきゃ」と誰かが言い、みんなうなずいていた。

しかし、時は過ぎ季節は移り変わる。

貞淑《ていしゅく》な人妻になったはずの彼女たちも、三十代半ばが近づいてくると、女子会で愚痴をこぼすことが多くなった。まるで申し合わせたように、誰もが連れあいとのセックスレスに悩み、夜も眠れないほど悶え苦しんでいるらしい。

「うち結婚六年目で月イチ。少ないよね？」

「結婚十年ともなると、盆暮れだけよ」

「旅行に行くといって聞いて、この前温泉行ったけどなにもなかった」

そんな状況だっただけに、古いラブホテルへの大人の社会科見学が、彼女たちにはたいそう刺激的だったようだ。

みんなお金を払って缶ビールや缶チューハイを買ってくれ、男女の淫臭が染みこんだ窓のない密室で酒盛りになった。

こういうところで思いきり自分を解放したい——誰の顔にもそう書いてあった。ダンナには決して見せられない、ギラギラの内装がよく似合ういやらしい女になって、欲望のままに振る舞ってみたいと……。

だが、女も三十代半ばになると、若いころのように素直に欲望を肯定できない。子供がいる人もいれば、キャリアウーマンとして十人からの部下を率いている人もいる。本音では浮気がしたくても、それを口にできないし、ましてや実行する勇気もない。

「もったいないね、こんなエッチなホテルに人が来てくれないなんて……」

誰かがポツリと言い、

「わたしたちにできることがあれば、純菜に協力してあげたいけど……」

別の女が引きとった。

「そう言えば、このビルの一階って、テナント空いてなかった？」

「ああ、あれ……」

純菜は苦笑した。

「元は煙草屋さんだったの。でも、いま煙草はコンビニで買うから、もう何年も前に潰れちゃった」

「あそこに相談室つくったらどうかしら？」

「相談室？」

「わたしたちがかわりばんこで、相談に乗るの。ラブホの一階にあるから、身の下相談室。こっちは若いころから恋愛の修羅場をいろいろくぐってるし、夫婦の営みでエッチのキャリアも積んでるわけだからさ……か弱い男性の身の下相談に乗ってあげれば、世のため人のためになるんじゃないかしら？　で、ついでにこのラブホのことも宣伝するわけ」

「いいわねえ」

「あんがい、男の人のほうもセックスレスで悩んでいる人が多かったりして」

「でもさあ、自分のレスも解決できないのに、他人の悩みなんて解決できるの？」

「それはあなた……」

全員が顔を見合わせた。

「解決云々《うんぬん》より、一緒に悩んであげることが大事なのよ。悩み相談なんて、そんなものじゃないかしら」

「そうね。じっくり話を聞いてあげれば、相談に来た人の心も軽くなりそう」

「たしかに、世のため人のためになるかも」

アルコールが入っていたこともあり、話は一気に盛りあがった。

もちろん、「世のため人のため」なんて口実だった。大学時代、マリンスポーツやスキーが口実だったのと同じだ。女はいつだって口実が欲しい生き物なのである。

そこにいる誰もが、相談にやってきた男性の話をじっくりと聞き、悩みに共感したり、意気投合したりして、階上にあるギラギラの部屋でお互いを慰めあうところを想像しているに違いなかった。

いまの世の中、浮気がしたいなら、ネットの出会い系サイトを使えば簡単だ。しかし、そこまですると自分がみじめになると考えてしまう、プライドが高い女ばかりが集まっていた。

それに、相談室なら面と向かって男を選りすぐることができる。タイプじゃなければ、ただ話を聞いているだけでいい。

相談室自体は世のため人のためという口実があるし、なにより階上のラブホテルを経営しているのは大学時代からの友人なのだ。万が一、誰かに見つかっても、言い訳する材料は揃っているから、欲求不満を募《つの》らせている人妻たちが、いっせいに前のめりになったというわけだった。

2

純菜は最初、『人妻相談室』の開設に消極的だった。

一階の空いているテナントは自由に使ってもらってかまわないが、目論見《もくろみ》通りに都合のいい浮気相手がやってきてくれるとは思えない。酔っ払いの下ネタトークに付き合わされるのがせいぜいではないだろうか？

それでも、みんながあまりにノリノリなので冷や水をかけるのも悪い気がして、一歩引いたところから様子をうかがっていた。

ところが、一階に『人妻相談室』が開設されるや、〈ロマンス〉の売上は右肩あがりに伸びていった。もちろん、相談にやってきた客と相談員が部屋を使用してくれるからだ。部屋の中でなにが行なわれているのか、詳細を訊ねることは慎んだが、相談員を務めた女性は例外なく肌の色艶がよくなり、生気や若ささえ取り戻していったので、びっくりしてしまった。

そのうち、待機所として開放している部屋には、常時五、六人の人妻がいるようになった。みな大学時代のイベサー関係者だった。当時からのネットワークを使って噂を聞きつけたらしく、純菜のよく知らない先輩や後輩まで顔を出すようになっていった。お試しに一度だけという人を含めれば、ひと月で四、五十人の女が出入りしていたのではないだろうか。

「そっ、そんなにうまくいくものなの?」

仲のいい友達にこっそり訊ねると、

「やってみればわかるわよ」

意味ありげな笑いが返ってきた。

一階のテナント及び、待機所としてラブホテルの一室を提供しているとはいえ、純菜自身が相談員になるつもりはなかった。大学時代、純菜はまわりの女たちのように遊んでいなかった。それほど恋愛やセックスの場数を踏んでいないので遠慮したというのもあるが、もっとシリアスな問題も抱えていた。

純菜は結婚五年目になる夫と別居したばかりだった。

原因は、性格の不一致ならぬ、性の不一致。食べ物の好みや、家具選びのセンスなど、他のことの相性はぴったりと言っていいのに、どういうわけかセックスだけがうまくいかない。夫はいつも不満そうだし、結婚してから時間が経つにつれ、それを露骨に顔に出すようになった。

「ちょっと冷却期間を置いてみようか……」

力なくそう言って夫が出ていったのが、三カ月前。現在はマンスリーマンションに住んでいるらしく、時折着替えを取りにくる以外には顔を合わせないし、まともな話しあいもしていない。

このままだと離婚以外に選択肢がなくなる、と純菜は怯《おび》えていた。セックスが原因で離婚しそうなのに、身の下相談の相談員になるなんてナンセンスだろう。相談したいのは、むしろこちらのほうなのだ。

しかし、相談員をやっている友達が、揃いも揃ってみな楽しそうなので、純菜も一度だけ体験してみることにした。

なにも、相談員になったら、かならず浮気をしなければならないということではないのだ。話を聞いてあげて、セックスで悩んでいるのは自分だけではないと思えるだけでも、少しは救いになるような気がした。

『人妻相談室』がオープンしているのは、午後六時から午前零時まで。相談員はみんな家庭があるので、早仕舞いしてしまうことも多かったが……。

その日、相談員を初体験する純菜は、トップバッターを買ってでた。

ひどく緊張していた。

どんな人がやってくるのだろう?

相談員のレギュラー陣はきっと、アバンチュールの予感に胸を高鳴らせながら、手ぐすね引いて待っているに違いない。しかし、客の男はそうではない。セックスに対して真剣に悩んでいたり、そうでなくても好奇心を疼かせてふらりと入ってくるわけで、まさか階上のホテルで人妻を抱けるとは夢にも思っていないはずだ。

そういう男を誘惑し、見事ホテルの一室に連れこんでいるのだから、考えてみればすごいことだった。みんなそれなりに美しい容姿をしているけれど、それにしたって三十代半ばである。若さという武器はもう使えないし、恋愛のステージからおりて久しい女ばかりなのだ。

（わたし、大丈夫かしら……）

純菜は立ちあがって、壁にかかっている鏡をのぞきこんだ。浮気までするつもりは毛頭《もうとう》なかったが、それでもやはり、初対面の男に綺麗だと思われたいのは女の本能だろう。

卵形をした顔の輪郭、綺麗な平行眉、アーモンド形の眼……鼻筋はすっと通り、唇はやや薄くて品がある。

純菜は自分の顔を気に入っていたが、あらためてまじまじと見ていると、ずいぶんとくすんでいた。輝きや溌剌《はつらつ》さがないし、眼のまわりの皺を隠すために化粧がいつもより厚いのが恥ずかしい。

（もう若くないんだから、しかたがないわよ……）

溜息をつきかけたとき、入口のドアが開く音がした。反射的に顔を向けた純菜は、凍りついたように固まった。

夫の悠一《ゆういち》が立っていたからだ。

「あっ、あなた……どうして……」

驚愕に声を震わせると、

「身の下相談に乗ってもらおうと思ってね」

悠一はバツが悪そうな顔で頭をかいた。とはいえ、ここで純菜と鉢合わせして、驚いている様子はない。別居中の妻がここにいる、とわかったうえで訪ねてきたようだった。友人の誰かからリークされたに違いない。気を遣ってくれたのかもしれないが、ありがた迷惑にも程がある。

(まったく、いったい誰が……)

唇を嚙みしめている純菜の想念《そうねん》を遮《さえぎ》るように、悠一は話を始めた。

「嫁さんとセックスがうまくいかなくて、どうしたらいいのかわからなくなってるんだ……妻と知りあったのは六年前、僕はOA機器の営業マンで、取引先である化粧品メーカーの受付嬢をしていたのが妻だった。僕が三十歳で、キミは二十九歳だったよね? ひと目惚れだった。落ちついていて、すごくきちんとしている感じがして、もちろん美人だったから、ちょうど結婚を意識していた時期だったし、嫁をもらうならこんな人がいいと思った。取引先の受付嬢を口説くなんて常識はずれなことはわかっていたけど、猛アタックしてしまった。見た目はお堅そうなのに、話をすると気さくで、一緒にいると楽しかった。彼女のほうも同じ思いでいてくれたみたいで、すぐに結婚を前提にした交際が始まった。二十九歳にしては奥手というかおぼこいというか、ベッドでやたらとおとなしいタイプだったけど、当時はそういうところにも好感をもったよ。ただ……結婚して、同じベッドで眠るようになっても、セックスの印象は変わらなかった。妻は頑《かたく》なに自分の殻の中に閉じこもりつづけた。夫婦生活というのは、そういうものではないと僕は思う。すべてをさらけだして、すべてを受けとめあってこその夫婦じゃないか？　付き合いはじめて六年、結婚して五年が経っても、妻との距離はいっこうに縮まらない……」

「かっ、勝手なこと言わないでよっ！」

純菜は叫ぶように言った。悠一が正面からセックスについて言葉にしたのは、いまが初めてだった。そのことにも激しく動揺していたが、彼の主張をそのまま受けとめることはできなかった。

「全部わたしが悪いわけ？　セックスはふたりでするものなんだから、わたしだけ悪者にするのはやめてちょうだい」

「キミにはＮＧが多すぎる」

悠一は顔色を曇らせて首を横に振った。

「明るいところで脱ぎたくないとか、クンニはしないでほしいとか、体位は正常位だけとか……恥ずかしがり屋なのはわかるけど、もう三十五なんだぜ？　いい加減、清純派ぶるのはやめたらどうだ。はっきり言って、痛々しいよ」

違うっ！　と純菜は言いたかった。

ベッドでNGが多いのは事実だが、それは清純派ぶっているからではない。逆なのだ。

我を忘れるほど乱れてしまうことが怖くて、おとなしいセックスしかできないのである。

純菜は悠一と出会う前、ずっと年上の四十代の男と付き合っていた。

バツイチだったから不倫ではないが、とにかく女を感じさせることに執念を燃やすタイプで、愛撫がやたらとねちっこかった。元からセックスが嫌いなほうではなかったが、彼によって純菜の体は徹底的に開発された。抱かれるたびに新しい快楽の扉がどんどん開いていく感じで、生まれて初めて中イキにも導かれたし、最終的には立てつづけに絶頂に達するようにもなった。それまで嫌悪していた電マやヴァイブなどの刺激も知ったし、ＳＭプレイみたいなことまで経験してしまった。

「純菜は淫乱だね」

耳元で甘くささやかれると、全身が熱く燃えた。彼と付き合っていたときは、手放しで乱れてしまう自分のことが好きだったが、いろいろあって二年で別れ、悠一と付き合うようになると、淫乱じみたいやらしい女であることが途轍《とてつ》もなく恥ずかしいことのように思われた。

悠一は、最初のデートのときから「結婚を前提に交際してください」と真顔で訴えてくるような男だった。

純菜は男に口説かれると、「付き合うか付き合わないかは、寝てから決めましょうよ。体の相性って大事じゃない？」とはっきり口にするタイプだったのだが、そんなことはとても言えなかった。

純菜は当時二十九歳で、かなり真剣に結婚を意識していた。大学時代に遊んでいた友人たちは次々に美しい花嫁になっていたし、保守的な親や親戚からも「いつまで独身でいるつもりなの？」と強いプレッシャーもかけられていた。

悠一は結婚相手として申し分のない男に思われた。勤めているのは上場企業だから、収入は安定している。どう見ても勤勉そうなので、たとえ転職してもうまくやっていけるタイプだろう。

なにより、お互いのもっている空気感がぴったり合う。純菜は悠一と付き合いはじめてから、自分はこの世でひとりじゃないと思えるようになった。ふたりでいるときはもちろん、仕事が忙しくて会えない日々が続いていてもだ。そこまで心に平穏を与えてくれた恋人は、いままでひとりもいなかった。

嫌われたくなかった。悠一は料理が得意で、日曜日などは朝からサンドウィッチをつくって、「風が気持ちいいからベランダで食べようよ」なんて言ってくる男なのだ。

そんなさわやかな男に、わたしはエッチが大好きで、もしかしたら淫乱かも、と告白するなんて無理だった。告白せずとも、白眼を剝いてイキまくった翌日、どんな顔をして会っていいかわからなかったから、夫婦生活がＮＧだらけになってしまったのである。

「僕は……セックスが下手かな？」

悠一が悲愴感たっぷりに訊ねてくる。

「特別上手いとも思っていないが、下手でも下手なりに、妻を気持ちよくしてあげたいっていう気持ちはもってるんだよ。間違ってるかな？　どうしてキミは、本当の自分を頑《かたく》なに隠すんだい？」

純菜は言葉を返せなかった。ふたつの拳を握りしめ、体を小刻みに震わせていた。顔が燃えるように熱かった。鏡を見ればきっと、真っ赤に染まっている自分の顔と対面できたに違いない。

3

その日、ラブホテル〈ロマンス〉は、全二十室あるうちの十九室が埋まっていた。純菜がオーナーになって、初めてのことだった。

『人妻相談室』にやってくる客はひと晩せいぜい五、六人、そのすべてが階上の部屋を利用したとしても、これほど埋まるわけがない。あとで知ったことだが、相談員と客として知りあった女と男が、一夜限りの火遊びではなく、セフレの関係になっても、〈ロマンス〉を利用してくれているらしい。友情に厚いのは感謝するとしても、あまり深入りして離婚沙汰に発展するようなことは避けてほしいものだが……。

それはともかく。

純菜は悠一とともに、唯一空いていた最上階の特別室に入った。

もちろん、セックスをするためである。それも、NGなしの……。

「最後にもう一度だけ……しないか？　それでダメだったら……どうしても体の相性が合わないって結論が出たら、別れよう」

夫にそこまで言わせてしまった以上、純菜はもう、口先だけで適当に誤魔化すことはできなかった。最後にもう一度だけ、という夫の言葉が重かった。本当の自分を知ってもらったうえで別れることになるのなら、それはそれでしかたがない気がした。

「すごい部屋だな……」

悠一は啞然としているようだった。特別室は他の部屋の倍の料金なので、スペースも広ければ、様々な仕掛けも凝っている。内装はバブル時代のディスコをイメージしたらしく、壁は原色のネオン管で飾りたてられ、天井からぶら下がっているのはシャンデリアではなくミラーボールだ。

啞然としつつも好奇心をそそられたのだろう、悠一が壁のスイッチを操作すると、部屋は暗くなり、ストロボライトが点滅しはじめた。大音響で音楽もかかる。アップテンポのユーロビートだ。

「こりゃあ、ホントにディスコみたいだねえ……」

悠一が言い、純菜は苦笑した。純菜の大学時代、踊りにいくところはディスコではなくクラブだった。悠一はそもそもそういうところに出入りするタイプではない。つまり、ふたりともディスコなんてテレビの中でしか見たことがないのだが、これはたしかに往年のディスコだ、と思えるくらいには贅《ぜい》が尽くされていた。

（やだ……）

悠一がクローゼットを開けたので、純菜は焦った。このホテルのオーナーである純菜は、そこになにがあるのか知っている。

「ハハッ、すごいものを発見したぞ。これ、レンタル衣装なのかな？」

「……そうじゃないですか」

純菜は顔をそむけてそっけなく答えた。悠一が発見したのは、真っ赤なボディコンワンピースだった。一九八〇年代後半、ワンレングスヘアとともに大流行した、バブル時代の象徴のひとつである。

「ちょっと着てみてくれない？」

「冗談はやめて」

「いいじゃないか、僕、ディスコなんて行ったことないからさ」

「わたしだってないです」

純菜は険しい表情で拒みつづけたが、

「今日はNGなしって言ったよね……」

悠一に恨みがましい眼を向けられると、受け入れざるを得なかった。

(NGなしって、ボディコンの話じゃないのに……)

真っ赤なボディコンワンピースに着替えた純菜は、洗面所の鏡に映った自分を見て、深い溜息をついた。胸も腰もお尻も、体の線が丸わかりで、おまけに裾丈が異様に短い。太腿がほとんど全部丸出しであり、「わたし、セックスがしたいです」と、まわりの男たちに全力でアピールしているような浅ましい服である。

(バブルのころって、本当にこんなの着て街を歩いていたのかしら?)

全部ご丁寧に十センチくらいあるハイヒールと、羽根の首飾りまであったので、全部着けて部屋に戻った。純菜の髪型は黒髪のストレートロングだから、ワンレングスに見えないこともない。我ながら、一九八〇年代からタイムスリップしてきた女のようである。

部屋では、悠一がユーロビートで踊っていた。遊びを知らない真面目な男だから、ものすごいへっぴり腰だ。

純菜は吹きだしそうになったが、一緒に踊ってあげた。下手なダンスをノリノリで踊っている悠一が愛《いと》おしかった。そういう彼だから、好きになった。遊び慣れたヤリチン男なんかより、へっぴり腰のほうがずっといい。

曲が変わった。

アップテンポのユーロビートから、ムーディなスローバラードへ……。

「チーク、踊る？」

純菜が上目遣いでささやくと、悠一は鼻息を荒らげて抱きついてきた。興奮しているようだった。たぶん真っ赤なボディコンに……踊ったせいでただでさえ短い裾がずりあがり、下着がちょっと見えていたし……。

悠一はもう、へっぴり腰ではなかった。純菜の下腹部に、股間をぐいぐいと押しつけてきた。硬く勃起していることが生々しく伝わってきて、純菜の顔は熱くなった。

「なんだか、映画のワンシーンを演じてるみたいだね？」

照れくさそうにささやきながら、見つめてくる。純菜も見つめ返す。この男のことが、心から好きだと思った。だからこそ怖い。自分の本性を知ったとき、どんなリアクションをされるのか……。

ドン引きだろうな、と思った。男はベッドで反応が薄い女をマグロと蔑《さげす》むが、乱れすぎる女は手に負えないとポイ捨てする。刺激を求めるヤリチン野郎や、脂ぎった中年男でもない限り、淫乱女を好むのはレアケースに違いない。

だが、もう諦めるしかなかった。本性を頑なに隠したところで、未来に待ち受けているのは別れだけなのだ。そうであるなら、いっそ嫌われてしまったほうがいい。そのほうが、気持ちの整理もつきやすいだろう。

スローバラードは続いていた。やたらと歌のうまい外国人の男性歌手が、サビのメロディーを朗々《ろうろう》と歌いあげている。

悠一が、純菜の体をまさぐりはじめた。チークダンスを踊っているから、彼の両手は純菜の腰にあった。それが上下に動き、背中をさすられ、お尻を撫でまわされた。

えっ？ と思った。

いつもと触り方が違う気がした。いつもとは違うシチュエーションのせいなのかと思ったが、どうやらそうではないようだった。

「あっ……んんっ……」

悠一の指がお尻に食いこんでくると、声をもらしてしまった。真っ赤なボディコンに包まれた体は、軽い刺激でもビクッとするほど敏感になっていた。

いつもと違うのは、純菜のほうなのだ。いつもは乱れてしまわないように身構えているが、今日はリミッターをはずしている。嫌われたってかまわないから、夫に自分の本性を見せつけてやろうと思っている。

悠一の両手が、いよいよ前にまわってきた。お尻を撫でまわされていたせいでボディコンの裾はすっかりめくれあがっており、下着が無防備にさらけだされていた。

男にとっては、たまらなく扇情的な格好だったに違いない。

ゴールドベージュのショーツと、ナチュラルカラーのストッキングだけに守られている股間に、夫の指が襲いかかってきた。こんもりと盛りあがった恥丘を、軽いタッチで撫でられた。

「いっ、いやっ……」

純菜は身をよじろうとしたがよろめいて、悠一ともつれあうようにして何歩か歩いた。

両手をついた壁は、鏡張りになっていた。真っ赤なボディコンの裾がめくれ、ショーツが丸見えになっている自分の姿に、顔から火が出そうになる。

悠一は後ろにいた。純菜は鏡に両手をついたまま、立ちバックの体勢で尻を突きだすようにうながされた。立ちバックなんて――ましてや鏡の前でそれを行なったことなんて、夫とは一度もない。

だが、NGなしとなれば、悠一は容赦なくボディコンの裾をさらにまくり、両脚を開かされた。無防備な股間に、右手が伸びてきた。先ほどは前から触られた恥丘を、今度は後ろから触られた。そのままツツーッとアヌスに向かって指が這っていく。

「あああっ……」

下着越しにもかかわらず、純菜は淫らな声をもらした。

室内には大音響でスローバラードがかかっているから、声を出すこと自体にはそれほど抵抗がなかった。

しかし、声を出したことで、欲情が燃えあがった。もうどうにでもしてという自暴自棄な気分と、いつもより敏感になっている体の感覚が相俟って、にわかに股間が疼きだした。

悠一の鼻息は荒かったが、手つきは焦っていなかった。恥丘からアヌスに向かって、ツツーッ、ツツーッ、と執拗に撫でられた。二枚の下着越しにもかかわらず、クリトリスの位置を正確にあてられ、ぶるるっ、ぶるるっ、と指で振動を送りこまれた。

純菜はじっとしていられず、お尻から太腿、両脚にかけて小刻みに震わせながら、身をくねらせた。腰がどんどん折れ曲がっていき、最終的には九十度くらいになった。そんな体勢でも、十センチのハイヒールを履いているから、性器は悠一に向かって突きだされている。

ビリビリッ、となにかが破れる気配がした。ストッキングが破られたのだと気づくまで、二、三秒かかった。

純菜の心臓は早鐘を打ちはじめた。いままで悠一に、断りもなくストッキングを破られたことなどないし、破ってみたいと言われたこともない。

リミッターをはずしているのは自分だけではないのかもしれない――そう思うと、背筋に戦慄《せんりつ》が這いあがっていった。夫もまた、このセックスに未来を賭けているのは間違いなかった。夫婦関係が終焉《しゅうえん》を迎えるのか、あるいは延命の道があるか……。

「ひっ！」

熱く疼いている性器に新鮮な空気を感じ、純菜はきゅっと眉根を寄せた。ショーツの股布部分を、片側に寄せられたようだった。剝きだしになった花びらに新鮮な空気を感じ、続いて生温かい鼻息が吹きかけられた。

純菜は普段、明るいところで女の花を正視することも夫に許していない。見られることも、匂いを嗅がれることも、ましてや味を知られることなんて死ぬほど恥ずかしいと理由を説明していたが、もちろん嘘だ。クンニで乱れてしまうのが怖かったのである。

純菜はクンニに弱いのだ。舐められると簡単にイッてしまう女なんて恥ずかしすぎるし、悠一の妻として相応《ふさわ》しくない……。

4

悠一にクンニをされるのは初めてだった。

その格好が立ちバックというのはいかがなものかと思ったが、夫はかまわず桃割れをぐいっとひろげ、後ろから舌を這わせてきた。

「あああっ……」

純菜は声をもらした。鏡に映った自分の顔が、淫らに歪んだ。ペロリ、ペロリ、と花びらの合わせ目を舐めあげられるほどに、きりきりと眉根が寄り、眼の下がピンク色に染まっていく。

悠一のクンニは、想像していたよりずっと情熱的だった。合わせ目をひとしきり舐めあげ、内側からじわりと蜜が染みだしていくと、じゅるっと音をたてて啜られた。さらに花びらを口に含まれ、左右ともふやけるほどにしゃぶられる。鏡に映った純菜の顔が耳まで真っ赤に染まりきっていく。

「あおっ！」

悠一はさらに、肉穴に指を入れてきた。一本の指が、奥まで入ってきて中をねちっこく攪拌した。くちゅくちゅと音がたっても、純菜は恥じらうことができなかった。すぐに、クリトリスへの愛撫も始まったからである。

「ああっ、いやっ……あああっ……」

純菜は激しく身をよじった。立ちバックの体勢でよがり泣かされるのも恥ずかしかったが、鏡に映った純菜はバブル時代の真っ赤なボディコンワンピースを着ている。男を挑発するためにデザインされた服を着て、バッククンニでよがっていると、なんだか化けの皮を剝がされていくようだ。

(そうよ……わたしなんて、本当はいやらしい女なのよ……)

内心で嘆きつつも、なるべく声はこらえていた。リミッターをはずしているつもりでも、すべてをさらけだすことにはやはり躊躇《ちゅうちょ》がある。どんなに開き直ったところで、愛する夫にいやらしいと思われるのは、やはりつらい。

しかし、次の瞬間、

「はっ、はぁおおおおおーっ！」

純菜は眼を見開いて叫び声をあげた。

生温かい舌が、アヌスを這いまわりはじめたからだった。

（ダッ、ダメッ……それはダメッ……）

悠一と出会う前に付き合っていた四十男が、お尻の穴を舐めるのが大好きだった。純菜は最初、それを拒んだ。排泄器官を舐められることに強い抵抗感があったし、舐められてもくすぐったいだけだったからだ。

だが、四十男はしつこかった。純菜が羞じらい、困惑している姿を見て、興奮しているようでもあった。

そのうち、純菜の体もそれを受け入れるようになっていった。アヌスだけを舐められるとくすぐったいのだが、クリトリスや肉穴を同時に刺激されると、未知の快感が押し寄せてくることに気づいてしまったからだった。

「ああっ、ダメッ……やめて、あなたっ……おっ、お尻はっ……お尻の穴は、舐めないでぇええーっ！」

涙声で哀願しても、生温かい舌はアヌスを這いまわりつづけた。同時に、肉穴に埋めこまれた指が鉤状《かぎじょう》に折れ曲がった。指先で、ぐいっとGスポットを探りあてられた。恥丘を挟んで反対側にあるクリトリスも、執拗にいじりまわされている。決して強い力ではないが、それがまたいやらしい。

（たっ、助けてっ……）

女の急所を三点同時に刺激され、純菜は悶絶した。鉤状に折れ曲がった指が抜き差しされると、粘っこい肉ずれ音がたち、新鮮な蜜があふれだしていくのがはっきりとわかった。火のついてしまった体が熱くてしかたなく、けれども純菜はボディコンワンピースを着たままだったし、ストッキングさえ股の部分が破られただけだったので、体中から汗が噴きだしてくる。

純菜は完全に翻弄《ほんろう》されていた。

肉穴の穿《うが》ち方も、クリトリスのいじり方も、アヌスの舐め方まで刻一刻とねちっこくなっていくばかりで、まるでかつて自分の体を開発しきった四十男が、夫に取り憑いているかのようだった。

「ああっ、いやっ……あああっ、いやあああああっ……」

悪魔的な快感の波状攻撃に、純菜は我を失っていった。悠一と知りあってから封印していた欲望が、ダムが決壊するようにあふれだしていく。いやらしい女だと思われたくないという願望さえ、肉の悦びの前に敗北し、日を浴びたバターのようにドロリと溶けだしてしまう。

ぬんちゃっ、ぬんちゃっ、ぬんちゃっ、と音をたてて抜き差しされている指は、いつの間にか二本になっていた。奥であふれた蜜を掻きだされるような二本指の動きが、純菜を追いつめていく。突きだした尻と太腿、いや、逆Vの字に開いた両脚までが激しく震えて、にもかかわらず、もっと刺激が欲しいとばかりに、女の割れ目を夫に突きだしていく。

純菜はもう、鏡を見ることができなかった。眉根を寄せ、大きく唇を開き、ひいひいとあえいでいる顔を、自分のものだと思いたくなかった。Gスポットとクリトリスへの刺激がシンクロし、痺れるような快感が体の芯を走り抜けていくと、白眼まで剝いてしまいそうだった。

「ゆっ、許してっ……もう許してください、あなたああぁーっ!」

叫んだ声は、ほとんど断末魔の悲鳴だった。純菜は瀕死《ひんし》の状況だった。悠一と初めてベッドインして以来、頑なに守りつづけてきた非淫乱のイメージがいま、死に至ろうとしていた。

「イッ、イッちゃうっ……イッちゃいますっ……そっ、そんなにしたら、純菜、イッちゃいますうううーっ!」

来たるべきオルガスムスに備えて身構えていた体が、ぶるっと震えた。ついにお尻の穴を舐められてイッてしまうのかと悲嘆したのも束の間、次の瞬間、スポンッと二本指が抜かれた。パンパンにふくらんだ風船から栓を抜かれたような衝撃が、下半身に爆発を起こした。

「はっ、はぁあああーっ！　はぁあああああーっ！」

オルガスムスに達した純菜は、声の限りに叫んだ。眼をつぶっていたし、頭の中は真っ白だったけれど、体中の肉という肉が、ぶるぶるっ、ぶるぶるっ、と痙攣を起こしているのは感じていた。

そしてもうひとつ……。

栓を抜かれた肉穴から、勢いよくゆばりが放出されたことも……。

「いっ、いやっ……いやあああああああああーっ！」

あまりの快感に、純菜は失禁してしまったのだった。かつて付き合っていた四十男にも、ここまでされたことはなかった。ショックで卒倒してしまいそうだったが、オルガスムスに達している体は快楽の暴風雨に揉みくちゃにされている。そうでなくても、女は放尿を途中でとめられない。

ジョボジョボジョボジョボと無残な音が耳を打ち、足元の絨毯《じゅうたん》に水たまりがひろがっていった。イッている途中の純菜にはわからなかったが、夫にはゆばりのアンモニア臭を嗅がれているに違いなかった。それを思うと顔から火が出そうで、泣き叫ぶことをやめることができなかった。

5

純菜は放心状態に陥っていた。

夫に服を脱がされ、バスルームに連れていかれて、粗相をしてしまった体を綺麗に洗ってもらった。夫婦でお風呂に入ったことなんて、旅行先でごくたまにあるくらいだし、それにしたって、下半身を洗ってもらったことなんてなかったのに、羞じらうこともできないくらい打ちのめされていた。

濡れた体を丁寧にバスタオルで拭われると、ベッドにうながされた。糊《のり》の効いたシーツはひんやりして気持ちよかったけれど、そこに体を横たえてもまだ、純菜は放心状態から抜けだせなかった。

覚悟はしていたつもりだった。リミッターをはずして自分の本性をさらけだし、それで夫に嫌われてしまうのならしかたがないと……。

それにしたって、あんまりではないか？

体を重ね、夫の腕の中で乱れるのならともかく、まだ愛撫の段階で、それも恥ずかしすぎる真っ赤なボディコンワンピースを着た格好のまま、お漏らししてしまうなんて……。

夫が身を寄せてきた。怖くて顔を見られなかった。キスを求められても、少女のようにいやいやをしてしまう。そんな自分の振る舞いに、なおさら自己嫌悪が募《つの》っていく。

「……うんんっ！」

双頬を両手で挟まれ、無理やり唇を重ねられた。眼だけはぎゅっと閉じていたが、口まで閉じていることはできない。おずおずと開いた唇の間に、夫の舌がヌルリと入ってくる。舌をからめとられれば、無意識に自分からもからめていく。

夫のキスはいつになく情熱的だった。

クンニのときの舌の動きを思いだすと、純菜の顔は熱くなった。その熱が、みるみる全身に波及していく。

失禁してしまったことに対する羞恥《しゅうち》が消え去ることはなかったが、羞恥と同等かそれ以上に、三十五歳の熟れた体は疼いていた。

失禁してしまったということは、失禁するほど衝撃的なオルガスムスを嚙みしめたということなのである。いままでそんな経験はなかったから、放心状態の心とは裏腹に、体は期待に震えていた。

セックスは、ようやくイントロが終わったばかり。この先に、もっとすさまじい快楽が待ち受けているのではないかと……。

「んんんっ……」

夫は純菜の舌をしゃぶりながら、乳房を揉みはじめた。張りつめた隆起をやわやわと揉みしだかれただけで、純菜は身をよじった。隆起の先端が熱くてしかたがなかった。眼をつぶっていても、淫らなほどに尖っていることがわかった。そこをいじられると、純菜はキスを続けていられなくなった。のけぞって喉を突きだし、淫らに歪んだ悲鳴を放った。

夫が馬乗りになってくる。ふたつの胸のふくらみを両手ですくいあげられ、熱烈に揉みしだかれた。さらに、尖った乳首を指でいじられる。もう片方の乳首に、唇が吸いついてくる。夫は乳首を吸いながら、口内で舐めまわした。甘噛みまでされると、イッてしまいそうになった。

実際に、乳首だけの刺激でイッたことなどない。なのに、イキそうだった。それほどの快楽に翻弄《ほんろう》されていた。

「あああっ……はぁああっ……はぁあああっ……」

声をあげ、身をよじりながら、けれども純菜の神経は、左右の乳首にだけ集中していたわけではない。お臍の下あたりに、硬い肉の棒を感じていた。やや湿った感触が卑猥《ひわい》で、素肌に伝わってくる熱気もすごい。

夫のペニスはごく普通のサイズで、特別に長大なわけではない。だがいまは、恐れおののいてしまう。それで下半身を貫かれたときのことを想像すると、太腿をこすりあわせずにはいられない。

夫が馬乗りの体勢のまま後退っていったので、

「まっ、待って……」

純菜はあわてて上体を起こした。

「今度はわたしにさせて……ね、いいでしょう？」

夫はあきらかに、再びクンニをしようとしていた。先ほどは後ろからだったから、今度は前から……。

今日はNGがないからと張りきっているのかもしれなかったが、自分ばかり乱れさせられるのはつらすぎる。

純菜は夫をあお向けに横たえると、彼の両脚の間で四つん這いになった。長い黒髪をかきあげながら顔をあげれば、眼と鼻の先でペニスが屹立《きつりつ》していた。天を突くような猛《たけ》り方に気圧されながらも、おずおずと手指をからめていく。すでに大量の我慢汁を漏らしているらしく、竿を触っているのに指先にヌルリとした感触が訪れる。

クンニはNGの純菜だったが、フェラチオはそうではなかった。悠一との夫婦生活では、結合前にかならず舐めてあげた。純菜はそれが嫌いではなかったし、夫が悦んでくれるので嬉しくもあった。

ただ、そこにもまたリミッターがかかっていたことが、今日はバレてしまうだろう。純菜の口内には、大量の唾液が分泌していた。興奮のバロメーターだった。

先ほどイッたとき、純菜はゆばりを漏らしただけではなく、口から涎まで垂らしていた。夫に見つからなかったのは不幸中の幸いだが、シャワーを浴びても興奮がおさまる気配はなく、口づけを交わし、乳首を愛撫されたことで、また口内に唾液があふれてきた。

「……ぅんあっ」

唇をOの字に割りひろげて、亀頭を頬張った。唇を二、三度スライドさせただけで、夫は全身をこわばらせた。ペニスに訪れている感触が、いつもと違うと思っているに違いなかった。

女の口が唾液にまみれていればいるほど、しゃぶられている男は気持ちがいい――教えてくれたのは、夫と出会う前に付き合っていた四十男だ。言葉で教わっただけではなく、純菜がそういう状態にあるときのフェラでは、彼の反応があきらかに違った。普段は黙ってしゃぶられているのに、声をあげて身をよじる。

純菜は念入りに亀頭を舐めまわしてから、顔を上下に動かしはじめた。ペニスと口内粘膜をぴったりと密着させるのではなく、ほんの少し隙間を空け、その隙間に唾液を通過させるイメージで、じゅるっ、じゅるるっ、と吸いたてた。

「おおおっ……」

夫が太い声をもらして身をよじる。純菜の記憶にある限り、夫がフェラで声をもらしたのは、これが初めてだ。

失禁するほどイカされてしまった以上、いつものように猫を被った口腔《こうこう》奉仕ではすまなかった。あばずれ女と思われてもいいから、夫を喜悦でのたうちまわらせてやりたい。

純菜はペニスの根元を指でしごきながら、じゅるっ、じゅるるっ、と亀頭を吸いたてた。そうしておいて、時折、口内粘膜をぴったりと密着させて強く吸引する。空いている左手では、興奮に迫《せ》りあがった睾丸をニギニギしてやる。三点同時攻撃には、三点同時攻撃でお返しだ。

「おおおっ……おおおおっ……」

夫は声をもらしながら、焦った顔で純菜を見てきた。純菜も上目遣いで見つめ返す。ペニスを頬張った淫らな顔を見せつけながら、唇をスライドさせてやる。

興奮している自覚があった。

夫が感じている姿を見るほどに、四つん這いの体が熱くなっていき、意味もなくヒップを振ってしまう。自分はこの男のことを、心から好きなのだと思った。男があお向けになってフェラをされる姿は、けっこう情けない。感じれば感じるほど、女のように両脚をひろげたりするから、滑稽ですらある。

なのに、悠一には愛おしさしか感じない。こうやって本性を見せれば見せるほど、彼との未来は閉ざされていくような気がする。それでも、ペニスをしゃぶる唇に熱を込めずにはいられない。両脚をつかんでM字に開き、睾丸まで口に含む。痛くしないように注意しながら、それでも強く吸引してやると、夫は雄叫《おたけ》びのような声をあげ、身をよじって悶絶した。

「もっ、もういいよ……」

ハアハアと息をはずませながら、夫が言った。

「もう欲しい……欲しくなった……」

結合がしたいようだった。

純菜は口のまわりの唾液を拭ってから、夫を見た。眼が合ったのは一瞬だったが、その後に十秒くらい沈黙があった。

今日の夫婦生活にNGはない――純菜としては、どんな体位を求められても受け入れるつもりだったが、夫が動きだすのを待ちきれなくなってしまった。身を躍らせて、夫の腰にまたがった。

騎乗位の体勢である。

その体位は、純菜にとって特別なものだった。もっとも好きな体位であり、感じる体位と言っていいだろう。そうであるがゆえに、夫と情を交わすときには、禁じ手中の禁じ手だった。「上になってよ」とささやかれても、恥ずかしがって絶対に応じなかった。

「ごめんなさい……」

横顔を向けたまま、震える声で言った。

「あなたの言う通り……わたし、いままで嘘をついてた……ベッドの中で、いつだって猫を被っていた……」

夫は息をとめてこちらを見上げている。表情が険しくなっていく。

純菜は腰をあげ、ペニスに手を添えて、性器と性器の角度を合わせた。濡れすぎている入口に切っ先をあてがうと、その感触だけでぶるっと震えた。

「本当のわたしを……見て……」

猫を被った自分ではなく、生身の自分を愛してほしいという、せつない女心を表明した。と同時に、今日は思う存分に乱れるという、淫乱宣言でもあった。

この情事を終えたあとにも愛してもらえる自信はまったくなかったが、純菜は欲情しきっていた。女の花からあふれた蜜が、内腿まで垂れてきている。

(好きよ、あなた……)

これが最後のセックスになっても後悔しないよう、燃え尽きて灰になるまで乱れてやろうと思った。

6

「んんっ……」

純菜は息をとめて、腰を落としていった。いつになく存在感がある夫のペニスが、ずぶりっと割れ目に埋まりこんだ。

「んんっ……んんんーっ！」

そのまま一気に腰を落とし、ペニスを根元まで呑みこんでいく。一気に腰を落とすなんて、飢えているみたいで恥ずかしかったが、純菜の中は奥の奥まで蜜にまみれ、ヌルヌルとよくすべったので、ゆっくり結合することは難しかった。

「くっ……くくぅっ……」

体中を小刻みに震わせながら、怯えた眼で夫をチラリと見る。結合しながら視線を合わせるのが、純菜は好きだった。愛しあっている実感があるから、いつだってなるべく眼を閉じないでいるように心掛けていた。

しかし、悠一と騎乗位で繋がるのは初めてだし、この先のことを考えると不安しかなく、眼を開けていても、顔はそむけている。どうせさっきはイキながら失禁するところまで見られたじゃないか、と必死に開き直ろうとしても、淫乱だと思われるのはやはりつらい。

それでも、ペニスはすでに、両脚の間を深々と貫いていた。いつまでもじっとしていることはできず、腰が動きだしてしまう。

「ああっ……」

胸に溜めこんでいた息を吐きだしながら、体を揺すりはじめる。股間を前後にスライドさせるようにして、重心を前後させる。ぬちゃっ、ぬちゃっ、という粘っこい肉ずれ音が、耳から聞こえるのではなく、体の内側にこだまする。

「あああっ……はぁあああっ……」

純菜は眉根を寄せ、リズムに乗っていった。恥ずかしさに顔が熱くなっていくのを感じつつも、クイッ、クイッ、と股間をしゃくるようにして腰を使う。我ながら、いやらしすぎる腰使いだと思う。ダンスのようでダンスとは違う、肉の悦びをむさぼる動きだ。

リズムに乗りながら、チラリと夫を見た。見たこともないほど険しい表情をしていた。鬼のような鋭い眼光で、こちらを睨みつけていた。

(やっ、やだ……)

男は興奮すると険しい表情になるものだが、いまは違う気がした。咎《とが》められているような気がした。それも当然かもしれなかった。いままで騎乗位は恥ずかしいから無理だと拒《こば》んでいたのに、こんな腰使いを見せているのだから……。

もうやめてしまいたかった。すべてをさらけだしあい、受けとめあうのが夫婦であると夫は言った。それもひとつの真実かもしれないが、愛する男の前で、醜態《しゅうたい》をさらしたくないという女心も理解してほしい。口ではなんとでも言えるけれど、度を超えたいやらしい女を、男は絶対に軽蔑する。

それでも、一度始めてしまったものを、途中でやめることはできなかった。純菜は心で泣きながら、クイッ、クイッ、と股間をしゃくった。ずちゅっ、ぐちゅっ、と身も蓋《ふた》もない肉ずれ音を撒き散らし、それを超える甲高いあえぎ声を放ちながら、騎乗位の腰振りに没頭していく。

気がつけば、夢中になっていた。夫のペニスが、いつになく硬くなっているせいかもしれなかった。別居して三カ月だから、お互いに久しぶりのセックスである。溜まっているから硬くなるという、単なる生理現象なのかもしれなかったが、夢中にならずにいられなかった。愛する男がペニスをはちきれんばかりに硬くしていて、嬉しくない女なんていない。

「ああああーっ！」

嬉しさのあまり、タガがはずれた。そこまでするつもりはなかったのに、両膝を立ててM字開脚を披露した。男に結合部を見せつける恥知らずな格好になって、股間をぐりぐりとこすりつけていく。

もう泣きそうだった。この体勢、この動きはたまらなく気持ちがいいのだが、その反面、心がちぎれそうになるほど恥ずかしい。快感と羞恥で胸の奥を掻き毟《むし》られ、本当に涙があふれてきそうになる。

そのとき、夫が動いた。M字に開いている両脚——内腿のあたりを、下から両手で支えられた。逃れられないようにつかまれた、と言ったほうが正確かもしれない。そうしておいて、夫は下から突きあげてきた。

「はっ、はぁあううううううーっ！」

純菜は喉を突きだしてのけぞった。開脚騎乗位は、ただでさえ股間に体重がかかっている。それゆえに結合感も深く、刺激も強い。そこに、ずんずんと下から突きあげる動きが加わったのだから、衝撃は倍増だ。

「あぁっ、いやっ……いやいやいやあああぁーっ！」

涙声で叫んでみても、いまにも崩れそうな体のバランスをとってしまう。みずから恥ずかしい格好をキープして、あえぎにあえぐ。

だが、夫が下から突きあげてきたのは、五回くらいだった。夫が動きをとめると、純菜は反射的に、股間をぐりぐりこすりつけた。すると夫は、再び下から突きあげてきた。また五回くらいでとまったので、純菜は股間をこすりつけた。

まるで餅つきのような、交互のムーブができあがった。餅をつく者と、餅をこねる者の息の合った共同作業で、美味なる餅はつくりあげられる。その要領で、夫が下から突きあげては、純菜が股間をこすりつける。

こねられているのは欲望だった。お互いの欲望が渾然《こんぜん》一体となり、痛烈な快感となってフィードバックされる。

それはまさしく、バラバラの餅米が餅になっていく過程に似ていた。性器を刺激しあう動きを通して、夫とひとつになったような気がした。これがセックスだったのかと、純菜は眼から鱗が落ちる思いだった。

悠一と出会う前に付き合っていた四十男に、純菜の体は開発された。すっかりセックスに開眼した気になっていたが、間違っていた。四十男が与えてくれた快感は、あくまで自分の体の中に留まるものだった。極端な話、自慰の扶助《ふじょ》をされているようなもので、ひとつになっている実感は乏しかった。

いまは違う。下になっている夫の顔を見てみればいい。険《けわ》しい形相で息をとめているから、顔が真っ赤になっている。まるで赤鬼のようになって、純菜を見上げている。怖いくらいだったが、欲情は隠しきれない。夫もまた、餅つきのように欲望をこねあげる動きに、夢中になっている。

（あなた……）

純菜は胸が熱くなっていくのをどうすることもできなかった。男の上に両脚を開いてまたがり、汗まみれの乳房を揺らして腰を振っている自分は、軽蔑されてもしかたがないほどいやらしい女だろう。

だが、純菜にはもう、それを拒むことができなかった。どれだけ軽蔑されても、いまつかんでいる実感を手放せない。夫とひとつになっているという、何事にも代えがたい実感を……。

「純菜……」

夫が絞りだすような声で言い、両手を伸ばしてきた。ふたつの胸のふくらみを、下からすくいあげられた。揉まれたが、汗まみれなので指がすべる。その感触も、たまらなくいやらしい。夫が肉房《にくぶさ》をこねまわす。くたくたになるまで揉み倒してやる、という断固たる決意が伝わってくるようだ。

「あああーっ！」

左右の乳首をつままれると、純菜は動けなくなった。餅つきのように交互に腰を使うムーブが寸断され、情けない中腰のまま体中を小刻みに震わせているばかりになる。

夫はすかさず、下から連打を放ってきた。今度は五回では終わらなかった。ずんずんっ、ずんずんっ、と怒濤のごとく打ちこまれ、純菜は長い黒髪を振り乱した。

両脚の間を貫かれる痛烈な刺激が、脳天にまで響いてきた。電流じみた快感が体中の肉という肉を痙攣させている。半開きの唇から涎を垂らしても、拭うことすらできない。涎が顎を伝《つた》い、喉に垂れていく感覚が心地よくさえある。

「イッ、イッちゃうっ……そんなにしたらイッちゃいますっ……」

純菜は眉根を寄せてすがるように夫を見た。夫はふたつの乳首をつまみながら、見つめ返してきた。言葉もなく、下から突きあげることもやめない。ただ、険しい表情で見上げてくるばかりだ。

「イッ、イクッ……イクイクイクッ……ダッ、ダメッ……ダメようっ……もう我慢できないいいいーっ！」

ずんっ、といちばん深いところを強くえぐられ、

「はっ、はぁおおおおおおおーっ！」

純菜は獣じみた悲鳴をあげて、オルガスムスに駆けあがっていった。下半身で爆発が起こり、ビクンッ、ビクンッ、と腰が跳ねた。衝撃的な快感に揉みくちゃ

にされ、ぎゅっと眼を閉じると、瞼の裏で金と銀の火花が散った。

「ああああっ……あああああっ……」

腰がガクガクと震え、自分の体を支えていられなくなった。たまらず上体を覆い被せるように、夫に預けた。

夫は抱きしめてくれた。ハアハアと息をはずませている涎まみれの唇に、キスをされた。舌を吸われても、純菜は反応できなかった。呼吸を整えることで精いっぱいだった。

すると、いったんとまっていた夫の腰が動きはじめた。尻の双丘を両手で鷲づかみにされ、ずんずんっ、ずんずんっ、と再び連打が襲いかかってくる。

「はっ、はぁあああーっ！」

純菜は眼を見開いて夫を見た。

「ダッ、ダメッ……ダメですっ……少し休ませてっ……」

哀願は虚しく、宙に霧散《むさん》していく。

夫にやめるつもりはないようで、リズムに乗ってピストン運動を繰り返す。

「あああっ……ああああっ……」

純菜は眼の焦点を失い、半開きの唇からまた涎が垂れた。同じ騎乗位でも、女が上体を起こしているのと倒しているのとでは、ペニスがあたるところが違う。先ほどは奥を突かれていたが、今度は前側の壁をこすられている。カリのくびれで肉ひだを逆撫《さかな》でにされ、新しい炎が轟々《ごうごう》と燃えあがる。

「ダッ、ダメえええっ……ダメえええええーっ！」

純菜は体中をガクガクと震わせながら叫んだ。

「まっ、またイッちゃうっ……またイッちゃいますっ……つっ、続けてイッちゃうううううーっ！」

ビクンッ、ビクンッ、と腰が跳ねた。飛びあがらんばかりの勢いだったが、それでも、夫が尻の双丘をつかんでいるので、ペニスは抜けない。三度目のオルガスムスに達した純菜に、なおもしつこく連打を打ちこんでくる。やめるつもりは、まったくないようだ。

「あああああーっ！　はぁあああああああーっ！」

純菜は半狂乱でよがり泣いた。いまの純菜にできることは、逞《たくま》しい腰使いで自分を翻弄している夫の体に、強くしがみつくことだけだった。

7

普段の純菜は、夜のこの時間、〈ロマンス〉の受付にいることが多い。三百六十五日、二十四時間営業なので、何人かいるパートの人とシフトを組んでいるが、今日の夜はシフトからはずれていた。もちろん、『人妻相談室』の相談員を経験してみることにしたからだ。

となると、ひと休みしたくても受付に行くのはバツが悪く、二階にある『人妻相談室』の待機所に向かった。

「おかえりー」

部屋に入っていくなり、その場にいた全員の視線が純菜に向いた。いつもは五、六人しかいないのに、今日は十人以上いた。野次馬、というやつだろう。

純菜は彼女たちに眼を向けず、自動販売機になっている冷蔵庫で缶ビールを買い、ソファに座った。プルタブを開けて飲んだ。渇いた喉を冷たいビールに癒され、ふーっ、と長い溜息がもれる。

「ずいぶんごゆっくりだったけど、どうだった？」

「ご主人と仲直りできたの？」

「純菜を裏切ったみたいで悪かったけど、ご主人に泣きつかれたのよ」

「どうしても純菜とよりを戻したい。力を貸してほしいってね」

「わたしたちもほら、曲がりなりにも悩み相談してるじゃない？」

「ちゃーんと、相談に乗っておいたから」

「どうなのよ？　仲直りできたわけ？」

寄ってたかって声をかけられたが、純菜は言葉を返さず、黙ってビールを飲みつづけた。時計の針は、午後十時を指していた。たしかに「ごゆっくり」だと内心で苦笑がもれる。夫が『人妻相談室』にやってきたのは六時過ぎだったから、四時間近くふたりでいたことになる……。

＊　　＊

「まっ、待って、あなたっ……お願いっ……」

騎乗位で立てつづけに二度イカされた純菜は、夫の体にしがみつき、耳元で哀願をした。

「お願いだから、少し休ませてっ……あああっ……」

夫に抱かれて連続絶頂したのは初めてだったから、純菜は困惑しきっていた。

しかし、夫にやめる気配はいっこうになく、そのまま易々《やすやす》と三度目の絶頂に導かれた。「待って」とか「休ませて」と言いつつも、純菜の体がさらなる絶頂を求めていることを、見透かされている感じだった。

体位を変え、バックからしたたかに突かれて四度目の絶頂。そのときは、夫も射精に至ったのだが、即座にフェラチオを求められ、ペニスが再び屹立すると、今度は正常位で貫かれた。

「ああっ、もう許してっ……許してくださいっ……もうダメなのっ……ダメなのようううーっ！」

正常位でも二度、三度とイカされ、純菜もいよいよイクことがつらくなってきたが、夫はやめてくれなかった。

「ああっ、ダメッ……もうダメッ……ダメなのにイッちゃうっ……またイッちゃうううーっ！」

欲望の修羅と化した夫のピストン運動は苛烈《かれつ》を極め、純菜は失神寸前まで何度も何度もイカされた。いやらしい女だと思われるのは恥ずかしいとか、淫乱の本性を暴かれるのはつらすぎるとか、そんなことを考えていられなくなるまで、肉の悦びに溺れきった。

お互いに汗まみれで、正常位のあとはシーツに人形《ひとがた》のシミができていたし、純菜の顔は喜悦の涙と発情の汗、さらには閉じられなくなった口からあふれだす涎によって、ひどいことになっていた。化粧はほとんど落ちていたし、髪もざんばらに乱れていた。

夫が二度目の射精に達すると、しばらくの間、呼吸を整えること以外、なにもできなかった。呼吸が整っても、胸の中の嵐だけはおさまってくれなかった。

本性を見せた自分を、夫はいったいどう思っているのか……。

淫乱とかドスケベとか好き者は確定だろう。口ではいろいろ言いつつも、純菜の体は貪欲に次の絶頂を求めつづけたし、最初の射精のあとにフェラチオを求められたときは、なりふりかまわぬバキュームフェラで夫を回復させた。もちろん、すぐに回復して続きをしてほしかったからだ。「むほっ、むほっ」と鼻息をはずませながらペニスを吸いたてている、浅ましい姿を夫に見られた。

（嫌われた、だろうな……）

純菜はあお向けになり、天井を見上げていた。特別室の天井は鏡なので、隣であお向けになっている夫の姿も見えている。呼吸が整ったのはふたりともほぼ同時だったが、呼吸が整ってもお互いに口を開かなかった。十分くらい沈黙が続き、いっそのこと眠ってしまいたかったが、体はぐったりしていても意識は冴え渡っていた。

「どうして……」

夫が低い声で訊ねてきた。

「なんでキミは、いままでうちのベッドであんなにおとなしかったんだい？」

純菜は眼を泳がせた。一瞬、「エッチな女だと思われたくなかったの！」と泣きながら夫にしがみついてやろうかと思った。十歳若かったらできたかもしれないが、三十五歳にもなって下手な芝居はできなかった。

「いや、過去のことなんてどうでもいい。これからも、キミは夫婦生活で嘘をつきつづけるつもりなのかい？　今日のようにはならないのか？」

「こっ、これから？」

純菜ははじかれたように起きあがり、四つん這いになって夫の顔をのぞきこんだ。

「わたしのこと、嫌いにならなかったの？」

「どうして嫌いになるんだよ」

夫が苦笑する。

「むしろ、前より好きになった。別居したときは、正直言って、もう無理かもしれないと思ってた。でも、いまは一生添い遂げたい。結婚式で神様に誓った時よりも強く、そう思っている」

純菜は首をかしげたくなった。夫が心境を変化させた理由がわからなかった。

「キミの友達に聞いたんだ。キミはたぶん、感じすぎてしまうことがコンプレックスで、夫婦生活では猫を被ってるって……僕には意味がわからなかったよ。そうしたら、その友達が言ったんだ。『女はあんまり乱れると、淫乱とかやりまんって思われるんじゃないかって恐怖があるんです』ってね。馬鹿げてるって、僕は笑ったよ。好きになった人がたまたまそうだっただけなのに、なにを咎める必要がある？」

「わたし、やりまんじゃない……」

純菜は唇を嚙みしめた。

「エッチな女かもしれないけど、やりまんだけは絶対違う」

「いや、まあ、そうかもしれないけど……たとえやりまんでも、僕はキミを愛する自信があると言ってるんだ。そんなことより、僕に抱かれて猫を被っていたほうが許せない」

「だから、わたしはやりまんじゃないって言ってるでしょ」

視線が合った。しばし睨みあっていたが、どちらからともなく、笑ってしまった。

「キミは嘘つきだからな。六年間も僕を騙しつづけた……」

夫が体を起こし、身を寄せてきた。純菜は抱きしめられ、あお向けに体を横たえられた。

「キミの言葉はもう信じない。体に訊いてやる」

夫が乳房を揉みはじめたので、

「ダッ、ダメッ……今日はもう、無理……」

純菜はいやいやと身をよじった。本当に無理だと思ったが、乳首をいじられるといやらしい声をあげてしまった。スタミナは切れていても、体は敏感なままだった。夫の愛撫がクンニリングスに移行すると、舌だけでまたイッてしまい、そのまま正常位で貫かれた。二度も射精したばかりなのに、夫のピストン運動は驚くほど逞《たくま》しかった。

「ああっ、ダメッ……ダメようっ……こっ、壊れるっ……そんなにしたら、オマンコ壊れちゃううう−っ！」

純菜は泣き叫びながら、何度も何度も恍惚の彼方へとゆき果てていった。双頬が涙で濡れていた。あとからあとからあふれてくる熱い涙は、悲しみの涙ではなく、歓喜の涙だった。

夫の悠一は今夜中にマンスリーマンションを引き払い、純菜と暮らしていた部屋に戻ってくることになっている。

※この作品は２０２２年１月４日から「日刊ゲンダイ」にて連載され、２０２２年１月20日からは双葉社ホームページ（http://www.futabasha.co.jp/）でも連載された同名作品に加筆訂正したオリジナル文庫で、完全なフィクションです。

双葉文庫

く-12-66

人妻相談室《ひとづまそうだんしつ》

2022年11月13日　第1刷発行

【著者】
草凪優《くさなぎゆう》

【発行者】
箕浦克史
【発行所】
株式会社双葉社
〒162-8540 東京都新宿区東五軒町3番28号
［電話］03-5261-4818(営業部)　03-5261-4833(編集部)
www.futabasha.co.jp(双葉社の書籍・コミックが買えます)
【印刷所】
中央精版印刷株式会社
【製本所】
中央精版印刷株式会社

【フォーマット・デザイン】
日下潤一

ISBN978-4-575-52619-6 C0193
Printed in Japan

草凪優
そして全員寝取られた
書き下ろし長編
性春エロス
隣室に越してきた夫婦。その妻はかつて憧れた女上司だった。隣で繰り広げられる痴態に心を乱す男に、さらなる嫉妬の地獄が待ち受ける。

草凪優
極上の妻《おんな》たち
オリジナル
官能短編集
うら若き新妻から清楚なセレブ妻、幸薄そうなシングルマザーまで、いずれ劣らぬ美しき人妻たちとの至高の情事を描く珠玉の五編を収録。

草凪優
桃尻プリン
オリジナル長編
フェチック・エロス
深夜のオフィスビルで作業に勤しむ尻好き清掃員と、魅惑のヒップを持つ美人女子社員たちが繰り広げる、究極のフェチック・エロス。

草凪優
ツンデレ上司とおねだり兄嫁
書き下ろし長編
性春エロス
出張先のホテルで抱いてしまったことで美人上司と付き合うことになった二十九歳の貴明。だが彼には、兄嫁との間にある秘密があって。

草凪優
うぶ熟女
書き下ろし長編
性春エロス
愛妻を亡くして二十五年、五十路セカンド童貞の田中誠一郎は、両思いのうぶ熟女と結ばれるべく、セックス勘を取り戻そうと奮闘する。

草凪優
人妻の達人
オリジナル長編
性春エロス
この世で一番エロいのは、人妻という生き物だ——。人妻しか愛せない二十八歳の男とエロすぎる人妻たちが繰り広げる究極の性春エロス。

草凪優
大学生からヤリ直し
書き下ろし長編
あのコとヤレた
世界線エロス
頭の中は35歳のままで14年前の大学時代にタイムリープ！　今度の人生こそ、憧れの存在だった夕希とヤリたい！　性春ヤリ直しエロス。